真夜中の恋愛レッスン

プロローグ　やっと恋愛解禁！　と思いきや

『すごぉい！　爪がツヤツヤ！　ピンク色だぁ！』

初めてマニキュアを自分の爪に塗ったときのあの感動は、今でも忘れられない。

あれは、私、村瀬美乃里《むらせみのり》が小学校一年生の頃――

親戚の家で、従姉《いとこ》のお姉さんがマニキュアを塗っていたのを見て、自分もやって欲しいと強請《ねだ》ったのがきっかけだ。

薄ピンク色に染まった自分の小さな爪を、目を輝かせながら眺めていた。そんな私のことを、親戚は『小さくてもオシャレに興味があるんだね』と笑っていたのを覚えている。

それ以来、私はネイルアートの虜《とりこ》となった。

お小遣いを貯めてマニキュアを買い込み、土日や長期休暇には必ずネイルをして楽しむ日々。

ご飯を食べるとき、ドアを開けるとき――日常のちょっとした瞬間にキレイに色付いた爪を見ると、心がウキウキ弾んだ。

中学生になってネイリストという職業があることを知った衝撃は今でも忘れない。それと同時に、自分もネイリストになりたいと夢見るようになった。

高校卒業後はネイルの専門学校に進学。ネイリストのアシスタントとしてアルバイトをしながら通い、そのネイルサロンにネイリストとして就職した。


自分のサロンを持ちたい。

サロンで一番指名をもらえるネイリストになりたい。

もっと技術を磨いて、すごいネイルアートができるようになりたい。

たくさんのお客様に満足して欲しい。


ネイリストになるという夢を叶えた後も、私の夢は広がり続けた。

仕事を通して自分の実力不足を痛感し、悔しい思いをしたこともある。でもそれを乗り越えたときの快感はなににも代えられない。

頑張って一つずつ夢を叶えていくのって、なんて楽しいんだろう。

そうしてひたすら夢を追い続けた私は、二十七歳にしてとうとう自分のサロンを持つことができたのだ。

駅から歩いて五分ほど。十四階建てマンションの十二階にあるワンルームを借り、『ネイルサロン・MINORI』を開業した。桜の花びらが舞い散る春のことだった。

開業してすぐはなかなかお客さんが定着せず、『来年、桜を見るのは、ネイルサロン経営者として出勤するときじゃなくて、無職になって就職活動に向かうときかも……』なんてネガティブなことばかり考えていた。

でもあれから一年――私は自分のサロンへ出勤するために同じ道を歩き、また桜を見ることができている。

苦労したけれど固定客もつき、売り上げもようやく安定。廃業の心配は今のところない。

このサロンをできるだけ長く続けていきたい！　というのが、今の目標の一つだ。

そんなある日のサロンでのこと。

「美乃里さん、聞いて下さいよぉ～！　先月から付き合い始めたアタシの新しい彼氏、全然記念日とか覚えてくれなくてぇっ！　この前アタシの誕生日だったんですけど、おめでとうの一言もないんですよぉ！」

施術中《せじゅつちゅう》に愚痴《ぐち》をこぼしているのは、開店時から来て下さっているお客様、佐久間《さくま》様だ。

「えーっ！　それは残念ですね。初めて二人で迎える誕生日だし、ささやかでもいいからお祝いはして欲しいところですよね」

「ですよね！　美乃里さんのカレはどうですか？　イベントとか大切にしてくれます？」

「えーっと、い、今はいないんですよね……」

急に自分の恋バナを求められ、口元が一瞬引きつる。

私は施術《せじゅつ》するとき、粉《ふん》じんを吸い込まないようにマスクをしているのだけど、今ほどそれをよかったと思ったことはない。

「じゃあ、元カレとかどうでした？」

「……えー……っと、やっぱり、そういうタイプの人もいましたね。でも、上手くやっていくには、どちらかが妥協《だきょう》しないといけないかなーって」

会話をしながら、前回佐久間様に施《ほどこ》したネイルを落としていく。

「あー……なるほど。そっかぁ……うん、妥協《だきょう》も必要ですよね。んー……よし、今回のところは許してやるかなっ！」

「ふふ、そこで『どうして自分が妥協《だきょう》しなくちゃいけないの？』って不満が出てこないのは、佐久間様が彼氏さんのことを本当に好きな証拠ですよね」

そう言うと、佐久間様の頬が少し赤くなった。

「……そっかぁ、アタシ、自分で思ってたよりアイツのこと好きなんだ」

「はい、きっとそうですよ。彼氏さんのことを話すときの佐久間様、怒っていてもとっても幸せそうですもん」

「えっ！　本当に？　もぉ、やだぁ……美乃里さんと話すと、いつも自分でも知らなかったことに気付いちゃうなぁ～……一か月に一回、爪も心もピカピカになるって感じ！」

「わあ、本当ですか？　嬉しいです。ありがとうございます！」

「あ、言っておきますけど、お世辞《せじ》じゃないですよ？　マジです！　美乃里さんは経験豊富そうだし、ネイリストだけに留まらず、恋愛カウンセラーとかもいけちゃうんじゃない？」

「いえいえ、そんなことないですよ」

ああ、またマスクの下の口元が引きつってしまう。佐久間様はそんな私の様子には気付かず恋バナを続け、施術《せじゅつ》が終わると上機嫌で帰っていった。

◆◇◆

誰もいなくなった店内で、ため息を吐く。

恋愛経験豊富だなんて、本当にそんなことない。

――なぜなら私には、彼氏がいたことなんて一度もないのだから……

佐久間様へのアドバイスも、他のお客様にしてきたアドバイスも、友人からの受け売りだ。しかし、そうしてお客様の相談に乗っているうちに、「恋愛経験豊富なネイリスト」という評判がついてしまった。

自分の人生をどんなにさかのぼってみても、恋愛経験と言えそうなものはない。

中学生のときには好きな人がいた。でもそれは恋に恋をしている感じで、今日は一言話せた！とか、挨拶《あいさつ》できた！　とか、同じ班になれた！　とか、そんな些細《ささい》なことで一喜一憂《いっきいちゆう》していただけのもの。

高校生になってからは、中学時代よりもさらに恋愛には縁遠くなった。

ネイル用品を買うためのバイトに明け暮れていたし、同性の友達と遊ぶほうが楽しかったから。

男子と話した記憶と言えば……隣の席の子が『やべ、教科書忘れた。村瀬、見せてくんねぇ？』と尋ねてきたのに対し『うん、いいよー』と答えた……それくらい？　その男子が誰だったのか、名前どころか顔すらも思い出せない。

別に恋愛を避けていたわけじゃないし、機会があればしてみたいと思ってはいたけれど、ネイルより夢中になれるような出会いはなかった。さらには高校を卒業する頃に起きたとあることが原因で男性とは一線を引くように。

あれは高校三年生の、二月なかばの金曜日のことだ。確かバレンタインが終わったあたりだったはず。

通勤や通学する人で電車が混雑する朝。その日はいつも一緒に登校していた友達がインフルエンザで休みだったため、一人で電車に乗った。

学校までは五駅。友達と一緒ならあっという間なのに、一人だと退屈でやけに長く感じるなぁと思っていたら、お尻を触られたのだ。

初めはコツコツとなにかが偶然当たったような感じだったから、『あれ？　カバンでも当たってるのかな？』と思っていた。

そのときまで一度も痴漢《ちかん》に遭《あ》ったことはなかったし、自分が遭《あ》うはずなんてないという、根拠のない自信を持っていた。

それでも気になって恐る恐る振り向いたところ、そこに立っていたのは中年男性。その人は私と目が合った途端、ジロリと睨《にら》んできた。鋭《するど》い視線に、背筋がゾクッとしたのを今でも覚えている。

思わず目を逸《そ》らして前を向き直すと、またなにかがコツコツお尻に当てられ……

『……っ』

早く駅について欲しいと願いながら不快な感触に耐えていたのだけれど、次の瞬間、お尻を思いきり鷲掴《わしづか》みにされた。

今思えば、偶然手が当たったふうを装《よそお》い、私がどう反応するかを見ていたのだろう。

私が睨《にら》み返したり、手を払ったりしていれば、行為には及ばなかったのかもしれない。

でも当時の私は怖くて声も出せなかった。

さらに悪かったのは、近くにいた人たちが助けてくれなかったことだ。

左隣に立っていた若いサラリーマンは、涙目になっていた私に気付き、痴漢《ちかん》の手元を見てギョッとした。

しかし彼はパッと目を逸《そ》らし、気付かないふりをしたのだ。

右隣に立っていたOLも、ちらちらとこちらをうかがっていたけれど、私と目が合うとフイッと別の方向を向いた。あのときは『どうして気付かないふりをするの!?』と思っていた。でも、大人になった今ならわかる。きっと面倒事に巻き込まれるのが嫌だったのだろう。

ついに涙がこぼれそうになったそのとき、誰かが私と痴漢《ちかん》との間に無理矢理入り込み、お尻から手が離れた。

『おい、やめろよ』

振り向くと、茶髪の男性のうしろ姿が見えた。

『や、やめるって、なんのことかね？』

『しらばっくれるなよ。見てたんだからな』

彼はシルバーの指輪がたくさん付いた手で、私のお尻を触っていた痴漢《ちかん》の手を掴《つか》む。

助かった……

恐怖から解放された安堵《あんど》で、私の目に溜まっていた涙がポロッとこぼれた。

『し、し、知らないって言ってるだろ！』

痴漢《ちかん》は電車が駅に着いた瞬間、思いきり茶髪の男性の手を振り払い、人にぶつかりながら全速力で降りて行った。

『待て、コラッ！』

茶髪の男性がすぐさま追いかけてくれようとしたけれど、私は咄嗟《とっさ》に彼のジャケットを掴《つか》んで止めた。

捕まえたら、またあの男に会わなくちゃいけない。怖い。もう二度と会いたくない。そんな思いからだった。

『だ、大丈夫、です！　追いかけないで、大丈夫ですっ……！』

ようやく出た声は、自分でも驚くぐらい小さく、震えていた。

『本当に、大丈夫……です……っ』

ちゃんと聞こえたかな？　と不安になって、もう一度言うが、どう頑張ってもはっきり話せない。

周りの人の視線がこちらに集中している。

それに気付き、私は恥ずかしくて縮こまった。すると、助けてくれた男性が私の手首をそっと引いて電車から降りた。

『へ？　あ、あの……』

ホームのベンチに腰かけるよう勧められ、ようやく自分の足がガクガク震えていることに気付く。気付いた途端、ますます震えはひどくなった。

『ちょっと休んだほうがいいよ。ね？』

『は、はい……』

私が腰を下ろすのを見届けた男性は、少し離れた場所にある自動販売機に向かって歩いて行った。

極度の緊張状態から解放された私は、その姿をぼんやり眺める。ほどなくして戻ってきた彼は、

『怖い思いをした上に、あんなふうに注目されたら辛いよな。俺の配慮が足りなかった。ごめん』

と私に頭を下げた。

『い、いえ、そんなっ』

私が慌てていると、男性は買ってきたジュースをハンカチで包んで、私に差し出した。

『寒いかもしれないけど、そのままだと腫《は》れちゃうからこれを目に当てておきな』

『えっ！　でも……』

『いいから、いいから。ほら、はい』

男性は私にジュースを持たせ、隣に腰を下ろす。

泣いて熱くなった瞼《まぶた》の上に、もらったジュースを当てると、ひんやりして気持ちがいい。

『キミ、学校はどこ？　その制服は……松並《まつなみ》高かな？』

『あ、はい、そうです』

そうだ。学校、遅刻しちゃう……！

今日は卒業式のリハーサルの日なのだ。同学年が一堂に会するから、遅刻なんてすればすごく目立ってしまう。

それに担任は男性だ。女性教諭ならまだしも、男性教諭に『痴漢《ちかん》に遭《あ》ったから遅刻しました』……だなんて言いたくない。

『そう、じゃあ余裕かな？　行こうか』

『え？　え？　あの……』

私は男性に手を引かれ、改札を出た。

事態をよく呑み込めずに導《みちび》かれるまま足を進めると、彼は私をタクシー乗り場まで連れて行き、停まっていたタクシーに乗るように促《うなが》した。

『へ？　あの、どうして……』

『すみません。この子を松並高校までお願いします』

男性は運転手さんに行き先を告げ、『おつりはこの子にあげて下さい』と言って、先にお金を払ってくれた。

『えっ！　あの、そんな、私……っ』

『今日はもう電車に乗るの、嫌だろ？』

『そ、れは……』

『ほら、遅れるから早く乗っちゃいな』

背中を押されて、私は戸惑いながらもタクシーに乗り込んだ。

『あの、せめてタクシー代は自分で……』

『いいから、いいから。……あのさ、男はあんなヤツばかりじゃないから。最低なヤツもいるけど、トラウマにしないでな。ちゃんとしたヤツもいるからさ』

男性はそう言って私の頭をポンと撫《な》でると、来た道を戻って行った。

お礼を言えていないことに気付いたのは、タクシーが発車した後——しかもハンカチを借りたままだ。

また同じ沿線の電車に乗っていたら、いつか会えるかな……もしかしたら、月曜日にまた会えるかも⁉

そんな期待をしていたのだけど、日曜日から高熱を出した私は、病院でインフルエンザだと診断され、外出禁止となった。完治してから卒業式まで登校日はなく、高校卒業後はその沿線に乗る機会もなくなり、彼と再会することはなかった。

涙のせいで顔がほとんど見えなかったから、会えたとしても気付けないかもしれない。せめてお礼を言いたかったな……

そんなことがあって以来、男の人が少し……ううん、かなり苦手になった。

助けてくれたお兄さんは『男はあんなヤツばかりじゃない』って言っていたし、あの人が言うのならそうなんだろうと思う。でも、男性を見るたびに、痴漢《ちかん》されたときの嫌な気持ちが蘇《よみがえ》って、恋愛をする気になれなかった。

専門学校時代は学校の勉強とバイトの両立で、恋愛をする余裕なんてなかったし、就職してからは目標を達成することに必死だったから、『恋愛は夢が叶ってからすればいいや』『もっと年を取れば男の人が苦手じゃなくなるかも』なんて楽観的なことを考えていた。

そして自分のサロンを開いて、二年目に突入することができた今、ようやく恋愛にも目を向けていこうと思い始めたのだけど——

そう上手くはいかないもので、またもや恋愛から距離を置きたくなるような出来事に遭遇《そうぐう》してしまった。あれはスプリングコートがいらないほど暖かかった春のとある日のこと。高校の頃からの友達である尚子《なおこ》と呑みに行ったときの話だ。

呑んでいる最中に、尚子のスマホが鳴った。彼女がつい最近付き合い始めたという彼氏からの着信だった。

彼はたまたま近くに用事があったらしく、私たちと合流して一緒に呑むことになったのだけど……

『初めまして〜！　笹原拓也《ささはらたくや》です。よろしくー』

彼は一般企業で営業をしているらしい。見た目は爽《さわ》やかで話し方も明るく、優しそうで、とても好印象だった。

尚子、いい人と付き合えてよかったなぁ〜……

友達の恋人ってこともあるだろうけれど、彼を見ても痴漢《ちかん》をされたときの嫌な気持ちを思い出しはしない。

大人になっても、男の人に対しての苦手意識は消えなかった。でも薄れてきてはいるようで、優しそうな男性になら、昔ほど嫌悪感は抱かない。

『初めまして、村瀬美乃里です。よろしくお願いします』

尚子の彼が合流する前に、そろそろ恋愛にも目を向けたいという話をしていた。そこで気を利《き》かせた尚子が、お酒が回ってきた頃に『誰か紹介してあげて欲しい』と彼氏に言ってくれた。

『美乃里ちゃんは可愛《かわい》いし、結構遊んできたんじゃない？　紹介なんてしなくても、引く手数多《あまた》って印象だけど、そこんとこどうっ!?』

『えっ……！』

私が戸惑っていると、尚子が彼を睨《にら》む。

『ちょっと、変な言い方しないでよ』

『えぇ～？　全然変じゃないよ。ね？　美乃里ちゃん』

『い、いや～あのー……』

な、なんて答えればいいの……っ！

尚子の彼氏はかなりお酒が弱いらしく、一杯呑んだだけでベロンベロンになっていた。

『拓也、そういうのはプライバシーの問題だから、深く突っ込まないでよ』

ああ、尚子が気を遣ってくれてるのがヒシヒシ伝わってくる。すると尚子の彼氏はジョッキの中に残っていたビールを一気に呷《あお》り、ニヤリと笑う。

『えーっ！　なになに？　そういう言い方するってことは、美乃里ちゃんってやっぱり遊んでるの？』

『拓也、いい加減にして！』

尚子が少し声を荒らげる。

『るっせーな！　さっきからなんなんだよ！　お前に聞いてねーし！』

『はぁ!?　なに、その言い方！』

ああ、私のせいで険悪な雰囲気になってしまった。

『え、えっと、いないんです』

一度も彼氏ができたことがないとバレるのは恥ずかしくて、普段はよほど親しい友達以外には言わないでいる。特に恋愛経験豊富なネイリストのいる店という噂が広まった今、それが嘘だとバレるのはお店の評判に関わるので、隠すことが多くなった。

でも、今まで誰とも付き合ったことがないのは悪いことじゃないし、尚子と彼の仲を険悪にしてまで隠し通そうとは思わない。

『いない？　って、え？　どういうこと？』

『そのままの意味です。彼氏がいたことないんです』

そう答えると、彼は苦笑いしながら『うわー……』と呟《つぶや》く。明らかに引いてる。引いてるどころかドン引きだ。

『今まで彼氏いたことなかったの!?　いや、それはヤバいっしょ！』

『ヤバいって、どういう意味でのヤバい……ですか？』

『言葉通りの意味だよ！　尚子と同い年ってことは、二十八歳だよね？　その歳で一人も付き合ったことないとか、なにか問題があるとしか思えないんだけど』

尚子が『ちょっと、いい加減にして！』と声を荒らげるけれど、彼はそのまま言葉を続けた。

『ほら、果物売り場で苺《いちご》がいっぱい売ってるとするじゃん？』

『は、はぁ……』

なんで突然、苺《いちご》の話……!?

よくわからないけれど、黙って話を聞くことにする。

『んで、みんなよーく見て買っていくわけよ。一見キレイでよさげに見えても、側面が少し潰《つぶ》れてたり、腐《くさ》ったりしてる部分がわかるっしょ？』

『そうですね……』

苺《いちご》と私の恋愛歴、どう関係あるの？

『ちょっと、拓也。いい加減にしてって言ってるでしょ!?』

『るせーな。黙っとけよ！　で、よーく見られた結果、新鮮で美味《うま》そうなヤツから選ばれていって、傷《いた》んだ苺《いちご》は買ってもらえない。つまり美乃里ちゃんもそういうことじゃないの？』

『えっ……』

『ぱっと見は可愛《かわい》いけど、よく見たらそういう欠点があるんじゃないかっていうこと。だっておかしいじゃん。その歳で一度も付き合ったことないなんてさ。うん、おかしい！　おかしい、おかしい！』

大事なことだから二度言いましたどころか、三度も四度も言われた。

『いい加減にしてよ！　美乃里は今まで仕事一筋で彼氏を作ってこなかっただけなの！　欠点があるわけじゃないんだよ！』

『お前って友達を大事にするよなー。でも、こういうことは、親しい人間がハッキリ言ってやらないと、本人、気付けないわけよ。わかる？』

『なんで私が気を遣ってお世辞《せじ》言ってるみたいな流れになるわけ⁉　本当に美乃里はそういうんじゃなくて……っ』

尚子が彼を叱《しか》り付けている間、私はショックで呆然《ぼうぜん》としていた。

二十八歳になるまで彼氏が一人もいたことがない人を見ると、そんなふうに思うものなの？

『あーはいはい、お前がそう思ってないってことはわかったよ。でも、男はみんな引くから！　現に俺も引いたし。そんな子、彼女にしたくないもん』

そうなの⁉　そんなヤバいレベルなの⁉

この先もし好きな人ができたとしても、そう思われるってこと……⁉

『それはあんたの考え方でしょ⁉　あんたがそんな最低な男だと思わなかった！　酒癖はよくないと思ってたけど、私の友達にこんな酷《ひど》いこと言うなんて許せない！』

『はぁ？　俺は酒癖悪くねーよ！　正直に言ってるだけだろ！』

『ふざけんな！』

二人の言い争いを仲裁《ちゅうさい》しようとするものの、ショックのあまりろくな言葉が出てこない。

友達の彼氏に言われてもこんなに辛いんだから、もし好きな人に面と向かって言われたら……？

うわ、一生立ち直れないかも……

というか好きな人から拒絶された場合、みんなどうやって立ち直ってるの？　想像するだけでも胸が痛いのに……

尚子は彼氏を無理矢理帰し、まったく悪くないのに私に頭を下げてくれた。

『美乃里、本当にごめんね！　酔って調子に乗ってただけだし、あれはあいつの価値観なだけで、他の男の人は絶対違うから……！』

『うん、ありがとう。それよりも私のせいで喧嘩《けんか》させちゃってごめんね』

『いや、あれは拓也が全面的に悪いんだし！　美乃里が気にすることなんて一つもないよ！　あいつ、マジ許せない！』

尚子はそう言うけれど、いつか好きになる人が拓也さんと同じ考えだってこともありうる。

怖い――

そう思うと同時に、薄れていた恐怖も蘇《よみがえ》ってきた。

男の人が、怖い――

あんなにいい人そうに見えた拓也さんも、話してみると全然違った。男の人がなにを考えているのかまったくわからない。得体が知れなくて怖い。男性のなにもかもが怖い。

私の沈んだ様子を心配したのか、尚子が申し訳なさそうにこちらを見ている。

『美乃里、今日は嫌な思いさせて本当にごめんね……』

『いやいや、大丈夫だから謝んないで！』

『あいつにはもう頼まない！　他の友達に誰か紹介してもらえないか頼んでみるよ。美乃里、どういう人がいい？』

『えっと……うん、ありがとうっ！　でも紹介って身構えちゃいそうだから、自然に出会えるように色々出かけてみようかなって思う』

『そう？　でも、もし紹介して欲しくなったらいつでも言ってね。合コンとかも企画するし！　美乃里は可愛《かわい》いし、性格いいんだから、彼氏を作ろうと思えばすぐできるよ！』

『うん、ありがとう！』

あのときは、『誰かと付き合おうとするのはやめておく……』なんて言ったら、尚子が気にしてしまうから、当《あ》たり障《さわ》りなく断った。だけど私は傷付きたくないという気持ちが強く、それ以降ますます恋愛から遠ざかっていった。

お客様から恋愛相談をされるとちょっと困るけれど、友達から聞いた話でなんとか切り抜けられる。

今までも、恋愛しなくて大丈夫だったんだもん。傷付くぐらいなら、今まで通り一人でいいや……。結婚に対する憧《あこが》れは人並みにあるけれど、拓也さんの一件以来男性不信に逆戻りしてしまったし、一生一人で生きていこう。そう思うようになった。

でも、時々ふと思い出す。

『……あのさ、男はあんなヤツばかりじゃないから。最低なヤツもいるけど、トラウマにしないでな。ちゃんとしたヤツもいるからさ』
私を痴漢《ちかん》から助けてくれたあの人のこと――
あの人にだけは、もう一度会いたい。
今でも電車に乗るたび、あの人の姿を探している。
あの人は今、どこで、なにをしているんだろう……

第一章　カッコいいお姉さん（!?）は好きですか？

二十三時――仕事を終えた私は寄り道せずに帰宅し、着替えもしないでノートパソコンに向かった。

実家なら『着替えてからにしなさい！』と母に一喝《いっかつ》されそうだけど、社会人になってからは一人暮らししているので問題ない。とにかく早くやりたいことがあった。情報を仕入れてから、ずっと心待ちにしてきたことである。

お店から電車で四駅の位置にある五階建て賃貸マンション。その三階の角部屋が私の家だ。駅から歩いて十五分。少し距離はあるけれど、近所にはコンビニやスーパーもいくつかあり、住みやすいので気に入っている。

オートロックでカメラ付きドアインターフォンもあるから、セキュリティ面もバッチリ！　ワンルームでちょっと狭いけど、一日のほとんどはお店で過ごすから気にならない。

「よし、予約完了……っと！　はぁぁああ～……！」

インターネットの入力フォームから、とあるサービスの申し込み手続きを済ませた私は、達成感のあまり大きなため息を吐いた。

恋愛はしないと決めたものの、私はどうしてもしてみたいことがあった。それはウエディングドレスを着ることだ。

お姫様みたいな純白のドレスに、とびきり凝《こ》ったヘアメイク、ドレスに合わせた白いウエディングネイル……ああ～……！　すごく憧《あこが》れる！

お客様からウエディングネイルを希望されるたびに、羨《うらや》ましくて堪《たま》らなかった。けれどいくら夢見ても、相手がいなければ叶わないわけで――

そもそも私は贅沢《ぜいたく》なのだ。

夢を持ったって、全部叶うわけがない。

こうして自分の好きな職業に就けて、続けられていること自体、奇跡みたいなのに……

そう思ってウエディングドレスを着るのは諦《あきら》めようとしていた、ある休みの日のこと。お菓子を食べながらぼんやりとテレビを見ていたら、衝撃の特集が流れた。

進行役のアナウンサーとモデルの女の子が会話している。

『みなさんは〝ゾロウエディング〟というものをご存知でしょうか？』

『なんですかそれは？』

『結婚の予定はないけれど、ウエディングドレスが着たい！　そんな女性たちが、今急増しているとか。そうしてできた究極のおひとりさまサービスが〝ソロウエディング〟！　お相手がいなくても、ウエディングドレスを着て撮影ができるんです！』

『ええっ⁉　おひとりさまもそこまでいくんですか⁉』

サービスは、ウエディングドレスを着て撮影をするという簡単なものから、一人だけで結婚式を挙げられるプランまであって、一番安いものでなんと二万円から！

　これだ！

　私はすぐにスマホで検索をかけ、ソロウエディングを行《おこな》っている会社を探した。

　欲を言えば、もちろん誰かとちゃんと結婚して式を挙げたいけれど、そんなわがままは言わない。ただウエディングドレスを着て写真が撮れたらいいのだ。

　でも、ひとつ注意すべきことがあった。もしうちのお店に来てくれるお客様に見られたら、なぜソロウエディングをするのか……という疑問を持たれるだろう。

『恋愛経験豊富なんて誤解なんです！　今まで彼氏ができたこともなかったし、これからもその予定はないし、一生結婚するつもりもないんですけど、ウエディングドレスだけはどうしても着てみたかったので！　えへっ！』

　なんて正直に言うわけにはいかない。今後の店の経営に関わる……！

　なにせ私は、経験豊富そうなふりをしてお客様の恋愛相談に乗っているのだ。経験がないと知られたら、不快感を持たれること間違いナシ！　もうお店に来てくれなくなる可能性だってある。自業自得とはいえ、それだけは避けたい。

『あの店長、恋愛経験ゼロの癖に偉そうにアドバイスしてくるんだよ～』なんて噂が広まったら、誰も来てくれなくなって、最悪廃業……!?

い、いやあああ～……っ!

ああ、最悪な想像をしてしまった。

とにかくお客様に見られるわけにはいかない。

私は吟味《ぎんみ》に吟味《ぎんみ》を重ね、ソロウエディングを知ってから一か月後の今日、家やサロンから遠くのお店を選んで、インターネットから予約をした。結構人気の店らしく、予約開始直後に枠が埋まってしまうことがあると聞いていたから急いで帰宅したのだ。予約は今日の二十時スタートだったけど、間に合ってよかった～。

ソロウエディングに備えて、ちょっと贅沢《ぜいたく》かな? って思ったけど初めて全身エステもしたし、美容室で髪を染め直して一番高いトリートメントもしてもらった。後は新幹線の切符を手配して、決めてあるデザイン通り、前の日にネイルをすれば完璧だ。

すごくドキドキするけれど、とても楽しみ!

◆◇◆

数日後のソロウエディングを励《はげ》みにすれば、いつもは苦痛でしかない満員電車も辛くなかった。

上機嫌で通勤電車に乗っていると、私の前に立っているサラリーマンの男性にふと目が行く。中《ちゅう》肉中背《にくちゅうぜい》で、黒髪の中に白髪《しらが》が交じっている。五十代前半……といったところだろうか。

んん……？

うしろからでもわかるくらい鼻息が荒い上に、右肩が不自然に動いているような……？

男性の前には、背の高い女性が立っていた。

もしかして……

男性の手元が見えるように、身体を少しずらす。

視線で辿《たど》って行くと……その手は女性のお尻を撫《な》でていた。彼女はその手から逃れようと、身体をよじらせている。

頭にカァッと血がのぼった。

昔、痴漢《ちかん》に遭《あ》ったときの恐怖を思い出す。

あのとき助けてもらえて、本当に嬉しかった……

だから、誰かが痴漢《ちかん》に遭《あ》って困っていたら、自分がしてもらったように、見て見ぬふりをせず、勇気を出して助けようと心に誓っていた。

あれから十年——ついにこのときがきたのだ。

意を決して女性のお尻を触る男性の手首を掴《つか》み、ギロリと睨《にら》み付ける。

「ちょっと、あなた！」

「なっ……なんだ、あんたは！」

「どうしてこうされるのか、自分が一番ご存知ですよね？　私、あなたが彼女になにをしていたのか、この目でしっかり見ていましたよ」

男性の顔が見る見るうちに真っ赤になり、さっきとは違う理由で鼻息が荒くなっていく。

「俺は知らんっ！　離してくれ！　迷惑だ！」

「身に覚えがないのなら、駅員の前でご自分の無実を訴えて下さい。次の駅で降りましょう」

「……わかった。わかったから、手を離してくれ。俺は腱鞘炎《けんしょうえん》なんだ。そんなに強く握られていると痛む……あー痛たたたっ……！　手が使えなくなってしまう……っ」

さっきまではその手、絶好調のようでしたけど～～⁉

と突っ込もうとしたとき、電車が次の駅に到着してドアが開く。その瞬間、男性は渾身《こんしん》の力で私の手を振り払い、持っていたコンビニのレジ袋を私の顔目がけて投げつけてきた。

「きゃっ……！」

「チッ！　恥かかせやがって！　正義の味方気取りかよ！　このブス！」

そんな台詞《せりふ》と共に肩を押され、バランスを崩した私は背中から転びそうになり——周囲の動きがスローモーションに見えた。

や、ば……っ！

ああ、最悪だ。すっかり油断していた。

咄嗟《とっさ》に手を突きそうになったけれど、すぐに引っ込める。

転んだとしても、仕事のために、手だけは守らなくちゃ……！

すると、誰かにしっかりと身体を支えられ、転倒せずにすんだ。

「くそ……っ！」

男性は悔しげに顔を歪《ゆが》ませ、すぐに逃げて人の波に隠れてしまった。

「ナイスファイト。助けてくれて、ありがとうね。でも、危ないわよ？」

え……？

振り向くと、さっき痴漢《ちかん》に遭《あ》っていたお姉さんが、ニッコリ微笑んでこっちを見ていた。どうやら彼女が私を受け止めてくれたらしい。

うっわー……！　すごい美人……！

背中まであるキレイな茶髪、切れ長の目、スッと通った鼻筋。こんな美人見たことない。

モデルさんかな？　かなり身長が高い。ヒールを脱いでも百八十センチはありそうだ。

シンプルなカットソーの上に薄手のカーディガンを羽織《はお》り、首元をセンスのいいスカーフで彩《いろど》っている。足が長いから、白のパンツ姿がすごく決まってる。

「あ、ありがとうございます。すみません。逃げられちゃって……」

「ああ、そんなことはどうでもいいのよ。それよりもあなたに怪我がなくてよかった。えーっと、この駅で降りるのかしら？」

結構ハスキーな声だ。

男性からもモテそうだけど、女性からもモテそうだなぁ……

「いえ、あと二駅です」

「わたしはあと四駅だから、まだお話できそうね。助けてくれて本当にありがとう。あのクソ野郎！　人のお尻をパン生地《きじ》のようにこねくり回しやがって、気持ち悪いったらありゃしなかったわ」

「私こそ助けてもらっちゃってすみません。危うく転んじゃうところでした！」

「本当よ！　あなたが怪我するとこだったわ。もう、あの痴漢男《ちかんおとこ》！　今度見かけたら金蹴《きんけ》りでもしてやろうかしらっ！」

豪快な美人だ。

緊張が解《と》けて私が口元を綻《ほころ》ばせると、お姉さんも笑ってくれた。

「昨日、テレビでドキュメンタリー番組なんて見ちゃったのがいけなかったわ……」

「ドキュメンタリーですか？」

どうしてそれがいけないのだろう。

キョトンとしていると、お姉さんがふぅっとため息を吐く。薄ピンク色の口紅で彩《いろど》られた唇がとっても艶《つや》っぽい。

「痴漢冤罪《ちかんえんざい》で家庭崩壊したって話だったのよ。その人の子供、まだ小《ち》っちゃくてねぇ～……わたし、お酒も入ってたからちょっとホロリと来ちゃったわ。わたしのお尻を掴《つか》んだ男は冤罪《えんざい》じゃないけど、ヤツにも家庭があったとしたら……って色々想像して情《なさ》けが生まれちゃってね。それなら『二度と痴漢《ちかん》なんてしない！』って思わせてやろうかと密《ひそ》かに考えてたのよ」

「どんなことですか？」

「んーそうねぇ……わたしのお尻を撫《な》で回していた指を一、二本ポッキリ折ってやるとか……かしらね？」

「ポッキリ!?　随分《ずいぶん》バイオレンスですねっ！」

「だってぇ、改心する時間は十分《じゅうぶん》与えたのよ？　お尻をこう動かして、嫌がってるってことを伝えたんだけど、余計ヒートアップしやがって！　腹立つわぁ〜……！」

お姉さんがお尻を動かしながらプリプリ怒るものだから、思わず笑ってしまう。

「す、すみません。笑いごとじゃないのに……」

「あら、いいのよ。女の子は笑顔が一番だものっ」

痴漢《ちかん》に遭《あ》ったばかりだというのに、お姉さんはすごく明るい。

無理しているのかな……？

しかし表情から察《さっ》するに、そうでもない様子だ。

「それよりあなた、痴漢《ちかん》から助けようとしてくれるなんて、勇気があるのねぇ」

「私も昔、痴漢《ちかん》に遭《あ》ったときに助けてもらったことがあったんですよね。高校生のとき、怖くて『やめてください！　助けてください！』って言えなかった私を、その人は助けてくれたんです。今でもあのときのホッとした気持ち、忘れられないです。すごく嬉しかったから、もし痴漢《ちかん》に遭《あ》っている人を見つけたら、私も絶対に助けようって決めてて……」

でも、今日は結局お姉さんに助けてもらっちゃったし、あの人みたいにはいかなかったなぁ……

「まあ、そうだったの」

「助けてくれたのは若い男の人だったんですけど、私、混乱してたからお礼とかも言えなかったんですよね。泣いて腫《は》れた目を冷やすために缶ジュースを買ってきてくれたり、その日は電車に乗らなくていいようにタクシーに乗せてくれたり、すっごく親切にしてもらったのに……」

お姉さんは目を丸くし、私をまじまじと眺めてくる。

「あらあらあら……？」

「え？　な、なんですか？」

私、変なこと言った？

不安になっていると、お姉さんが微笑んだ。

「あ、いえ、なんでもないの。そう、そうだったのね」

んんん？

首を傾《かし》げていたところ、お姉さんがまたニコッと笑う。

「……っと、次が降りる駅よね？　今日は助けてくれて本当にありがとう。ぜひ、今度お礼がしたいんだけど……」

「あっ！　いえ、そんなこと気にしないで下さいっ！　っていうか結局助けられてないですし……」

「ううん、そんなのダメ。ね、お願い。お礼させて？」

確かに私も、助けてくれたあのお兄さんに、今でもお礼がしたいと思ってる。だからお姉さんの厚意を受け取ることにした。

「えーっと……あっ！　じゃあ、お店に来てくれませんか？」

「お店？」

「私、次の駅近くのマンションでネイルサロンをやってるんですけど、よかったら来て下さい。あと、お友達に紹介とかもしていただけたら、もっと喜んじゃいますっ！」

カバンから名刺を取り出し、お姉さんに渡す。

「あら、ネイリストさんだったのね！　どうりでキレイな爪だと思ったわ。ありがとう。必ず行くわね。村瀬美乃里さんね、わたしは青山蓮《あおやまれん》っていうの」

「はい、お待ちしてますっ！」

青山蓮さんかぁ……

素敵な名前だ。名前からして、美人なオーラが出ている気がする。

青山さんと別れ、私は「本当に来てくれたらいいな」と考えながら、店へと向かった。

◆◇◆

ついに！　ついにこの日が来たーー！

「村瀬様、お待ちしておりました。どうぞこちらへ。ドレスを選んでいただいてから、ヘアメイクに入りますね」

「は、はいっ！」

サロンが休みの水曜日。私は新幹線を使い、ソロウエディングの予約をしていた写真館を訪れた。

ここでは、結婚式の前撮りや、式を挙げないカップルがドレスや和装で記念写真を撮るフォトウエディングを行《おこな》っている。

ウエディングらしく白を基調とした内装で、広々としたスタジオだ。至る所に鏡があるので、実際よりも奥行きがあるように錯覚《さっかく》する。案内された部屋には、ウエディングドレスがずらっと並んでいた。

「うわ……すごい。みんな、キレイ……」

「若いお客様ですと、カラードレスが人気ですね。こういった花柄やボーダー柄も評判がいいんですよ」

女性スタッフがドレスを見せながら丁寧に説明してくれて、話しているうちにだんだん緊張が解《ほぐ》れてきた。

カラフルなドレスを見ていると、心が躍《おど》る。

でもやっぱり私は、憧《あこが》れだった白のウエディングドレスが着たい。

私が手に取ったのは、フリルやレースがたっぷりと使われたプリンセスラインの白いドレスだ。

私のウエディングドレスのイメージが、そっくりそのまま現実になったようなデザインで、一目見てコレ！　と決められた。

ドレスを試着すると、背筋が伸びる。

結婚式で見かける花嫁さんってみんな幸せそうに笑ってるけど、ドレスって結構色んなところが締め付けられて苦しい……！

一度ドレスを脱いでアクセサリーやブーケを選んだ後、メイクルームへ案内された。

ドレスの展示場を出てすぐ隣が、メイクルームだ。ふたたびドレスを身に着け、椅子《いす》に腰かけると、選んだドレスの写真が鏡にペタリと貼られる。

ドレスを着ていてもケープで隠れてしまっているから、メイクさんはこれを参考にしてヘアメイクをするのだろう。

「すぐに担当の者が参りますので、少々お待ち下さい。こちら、ヘアカタログになります」

「あ、ありがとうございます」

差し出されたカタログを開いてみるものの、たくさん種類があって悩んでしまう。

アップスタイル？　でも顔が大きく見えちゃうかな？　どうせなら小顔に写りたいし、それなら髪を下ろすべき？　でもせっかくプロにやってもらえるんだから、普段自分じゃ絶対できないヘアスタイルにしてもらったほうがお得な気も……

夢中になって考えていると、扉をノックする音が聞こえた。

「は、はい」

「失礼します。本日ヘアメイクを担当させていただく……あら？」

「えっ！」

扉を開けて入ってきたのは、なんとこの間電車で出会った青山さんだった。

ええええ！　ヤ、ヤバい！　どうしよう！

新幹線を使ってまで遠い場所を選んだのに、まさかスタッフが知人だなんて……！

しかも、彼女には自分の素性《すじょう》を明かす名刺まで渡してしまった。

青山さんから他のお客さんに噂が伝わって、やがて閉店に……なんてことになったらどうしよう。

ほんの一瞬で最悪な想像が浮かんだ。

「お名前が一緒だとは思ったけど、まさか本人だとは思わなかったわ！　こんな所で会えるなんてビックリよ！　この前はどうもありがとうねっ！」

「は、はははいっ……！」

「あら？　なんだか顔色が悪いわね。具合悪くなっちゃった？」

「い、いえ、大丈夫です」

後悔したところで、もう遅い。

腹をくくるしかない……

「ふんふん、このドレスを選んだのね。可愛《かわい》い美乃里ちゃんにピッタリのデザインだわ。どんな髪型にしたいとかっていうイメージはある？　カタログで参考になりそうなものはあったかしら」

「なんか見れば見るほどアレもいい、コレもいいって悩んじゃって……」

「ふふ、わかるわ。たくさんあると目移りしちゃうわよね」

「アップもいいけど、下ろしたのもいいなぁって……」

髪型はドレスに合わせて決めようと思っていたけど、ちゃんと前もって候補を考えてくればよかったかな……

「じゃあハーフアップはどう？　アップと下ろしたところのいいとこどりっ！」

青山さんは実際に私の髪を弄《いじ》って、ヘアクリップで簡単に留めながら説明してくれる。

青山さんの手って大きくて、指が長くてキレイだなぁ……

「あ、それがいいです！」

「このドレスと髪型なら花冠《はなかんむり》かティアラが似合うと思うの。どうかしら？　花冠《はなかんむり》は造花《ぞうか》になっちゃうんだけど、写真では意外とわからないものなのよ」

「花冠《はなかんむり》！　可愛《かわい》いです。でも私に似合いますかね……」

「あら、美乃里ちゃんは可愛《かわい》いもの。絶対に似合うわっ！」

こんな美人にお世辞《せじ》でも可愛《かわい》いと言われると、なんだか気恥ずかしくて顔が熱くなる。

「じゃあ、早速始めていくわね。美乃里ちゃんは色が白いから、ファンデは一番明るい色ね。チークはほんのり色付く程度のピンクにして……うんうん、イメージ固まってきたわっ！　絶対ステキにするから楽しみにしていてちょうだい」

フルメイクしてもらうのって、何年ぶりだろう。成人式以来？　どんな仕上がりになるか、楽しみだなぁ。

「そういえば、どうしてソロウエディングをしようと思ったの？」

「あ……」

ついに、この質問がきた――……！

そうだった。ウキウキして頭から抜け落ちそうになってたけど、バレてはいけない人に知られてしまったんだった。

「あ、あの、私がソロウエディングしたことは、どうかご内密に……」

「ええ、もちろん！　お客様の個人情報を口外《こうがい》したりしないわ。安心してちょうだいね」

あっさり了承してもらえて、ホッと胸を撫《な》で下ろす。

「訳アリかしら？　……東京《とうきょう》にもソロウエディングをやってるお店はあるんだもの。こんなに遠いところにある店を選んだってことは、そうよね」

それらしい言い訳を考えたものの、まったく思い付かない。

口外《こうがい》しないって約束してもらえたのもあるけれど、口調とか、青山さんの雰囲気のせいか、彼女ならなんでも受け止めてくれそうな気がして、私はポツリポツリと自分のことを話し始めた。

「私、一生結婚しないことに決めたんですよね……」

「あら、どうして？　過去の恋愛で嫌なことがあったとか？」

「あ、いえ、嫌なこと……というか、そもそも彼氏いたことがないんですよね。ハハ……」

「ふふ、まぁた、そんなこと言ってーっ！　お姉さん、誤魔化《ごまか》されないわよ？」

恥ずかしくて半笑いで言ってしまったせいか、冗談だと思われたらしい。

「冗談ならよかったんですけど、本当なんですよね……」

暗い顔で思わずため息を吐くと、鏡に映る青山さんがハッとした表情になる。

「嘘、やだ、本当なの？　あっ……まさか、この前話してくれた痴漢《ちかん》が原因で、男性不信になっちゃったとか……」

「あー……実はそのときから苦手になって……まぁ、大人になるにつれて苦手意識は和《やわ》らいでたので、それだけが原因じゃないというか……」

「他にも原因があるってこと？」

「はい、話すとちょっと長くなっちゃうし、ちっとも面白くないんですけど……」

「ぜひ聞きたいわ。美乃里ちゃんがよければ、ぜひぜひ聞かせて？」

いい人だなぁ～……そして聞き上手だ。

「今までネイリストになるって夢を追いかけることで頭がいっぱいで。恋愛に興味がなかったわけじゃないんですけど、恋愛は夢を叶えた後にゆっくりでいいやー……って考えだったんですよね」

「うんうん、そうなのね。そういう考えもあっていいと思うわ」

「自分のお店が持てるようになって、経営も落ち着いて余裕ができて……その頃には男性に対する苦手意識も和《やわ》らいでました。だから恋愛に対して前向きに考えてたんですけど……」

友達の彼氏に会って話したことで新たな恐怖が芽生《めば》え、男性に対する苦手意識も復活したことを打ち明けると、青山さんの眉間《みけん》にシワが寄る。

「なにその男、とんでもないわね！　その友達はなんでそんな男と付き合ってるの？　そいつ、よほどのイケメン？」

「イケメン……ではないかな？　普通でした。そしてこの前別れちゃったみたいです。価値観が合わなくて疲れるって……」

尚子はそう言っていたけれど、本当は私への発言が引き金になっちゃったんじゃないかと、罪悪感で胸がチクチク痛む。

「別れて正解ね。結婚なんてしたら絶対苦労するタイプよ。次はキッツイ性格の子と付き合って、ケチョンケチョンにされるといいわ。腹立つっ！」

まるで自分のことのように怒ってくれるのが嬉しくて、辛い出来事だったはずなのに口元が綻《ほころ》ぶ。

「友達の彼氏に言われただけでもショックだったのに、好きな人から拒絶されたら絶対立ち直れない、それならもう最初から諦《あきら》めよう！　って思って、それで結婚はしないことにしました。でも、やっぱりウエディングドレスは着てみたくて、ソロウエディングに至ったわけです」

青山さんは大きなため息を吐くと、手を止めて鏡越しに私の目をまっすぐに見つめて――

「美乃里ちゃん、それは違うわ。世の中そんな男ばかりじゃないのよ！」

と力強く言ってくれた。

ああ、慰《なぐさ》めてくれてるんだ。

「はい、ありがとうございます」

「あら、本気にされてない？　本当なのよ！　引くわけないじゃないっ！」

「いえ、それは青山さんが女の人だからそう思ってくれるだけで、男の人は……」

「だから、本当にそんなことないのっ！　絶対よっ！　絶～対っ！」

青山さんはそう言い切ると、ふたたび手を動かし始める。

もしかしたらその人たちの中には、彼氏ナシ歴イコール年齢でも受け入れてくれそうな優しい人がいたのかもしれない。

青山さんは美人だし、きっとこれまでもたくさん恋愛経験を積んできたんだろうな。

ちょっと希望が見えてきた気もしたけれど……ダメだ。私がいつか好きになる人が、そんな心の広い人だとは限らない。ドレスを着て幸せだった気持ちが沈み始める。これ以上この話題は続けたくなくて、無理矢理話題を変えることにした。

「そういえば青山さんは、このあたりの人なんですか？」

この間は東京に、出張へ来ていたのかな？

「あ、違うの。わたしの活動拠点は東京よ。ここの店長が学生時代からの友達で、人手が足りないって言うからピンチヒッターで来てるの。昨日と今日限定よ」

「そうだったんですか！」

「二日間しかいないのに、まさか美乃里ちゃんと再会できるなんて驚いちゃった。偶然ってあるものね」

「はい、本当に。こんなことあるんですね」

……これ以上偶然が続かないでほしい。このスタジオの中に、私のお店へ通うお客様がいないことを祈るばかりだ。

「美乃里ちゃんは撮影が終わったら、観光して帰るの？」

「いえ、すぐ帰ります。明日のお店の営業までに爪もウエディングネイルから通常ネイルに変えたいので、それにも時間がかかりますし」

自分自身のネイルをやるときって、利き手《きて》じゃないほうも使わないといけないから、お客様に施術《せじゅつ》する以上に時間がかかってしまうのだ。

両利《りょうき》きだったらいいのに……といつも思う。

「まあ！　爪もウエディング仕様なのね。さすがネイリストさん！」

「ありがとうございます。えへ、照れちゃいますね」

「素敵だわぁ～！　こんなに素敵なのに、変えちゃうのもったいないわねぇ」

「ドレスだと違和感ないですけど、私服だとどうしても浮いちゃうんですよね。かなり頑張ってしたので、惜しい気持ちでいっぱいなんですけど……」

青山さんと話してると、気の合う友達とカフェでお喋《しゃべ》りしてるみたいだ。

話が弾みすぎて、口紅を塗っているとき以外は口を閉じることはなかった。


「美乃里ちゃん、とっても素敵よ。まるで女神さまみたい！　それに元がいいから、メイクのし甲斐《がい》があったわ～っ！」

鏡には、私の知らない人が映っていた。

いや、私なのだけど、青山さんのヘアメイクで変身した私は、それが自分とは思えないほどキレイだった。

ゆるく巻いた髪はねじりや編み込みを加えたハーフアップになっていて、花冠《はなかんむり》がなくても十分可愛《かわい》い。

成人式のためにフルメイクしてもらったときも『プロの人にメイクしてもらうと、やっぱり違う！　すごい！』と感動した。でも青山さんのメイクはそれ以上。

肌には毛穴がまったく見当たらない。

厚く塗り重ねたわけじゃないし、肌呼吸もしっかりできている感じがする。

どうして？　まるで赤ちゃんの肌みたいだ。これが本当の肌だったらいいのに！

まつ毛もいつも自分でメイクするときの倍以上に長くなっている。

瞬《まばた》きすると、まつ毛の先がファサファサ動くのが見えるほどだ。しかも自分でマスカラを塗ったときよりもうんと軽く感じる。

「もしかして、気に入ってもらえなかったかしら？」

私が感動のあまり絶句していたのを誤解させてしまったようだ。慌てて口を開く。

「そんなことないです！　あまりにすごすぎてビックリしちゃって！　自分じゃないみたい……すごいっ！　本当にありがとうございます！　魔法みたいです！」

初めてネイルをしたときの感動と似ている。

鏡に釘付けになっている私を見て、青山さんが口元を綻《ほころ》ばせた。

「ふふ、喜んでもらえてなによりだわ。今日を素敵な思い出にしていってね」

青山さんは鏡を見ている私のうしろからポンと肩を叩いて、「今スタッフを呼んでくるから」と部屋を出て行った。しばらくすると最初にここへ案内してくれた女性が来た。

「まあ、村瀬様、とっても素敵ですわ！」

「ありがとうございます。青山さんのヘアメイクが本当にすごすぎて……！」

「素晴らしいですよね。ふふ、村瀬様はラッキーですよ。青山さんは二日間だけピンチヒッターとしてうちに来ているんですけど、普段は芸能人のヘアメイクを担当している凄腕《すごうで》のメイクアップアーティストなので」

「えっ！　そうなんですかっ⁉」

まさかそんなすごい人からメイクをしてもらえるなんて、夢にも思わなかった。

その後、無事撮影を終えた私はドレスを脱ぎ、フォトアルバムにしてもらう写真を選んだ。フォトアルバムは後日自宅に郵送してくれるそうだ。

青山さんにもう一度お礼を言いたかったけれど、その日はとてもお客さんが多かったみたいで、彼女に会うことはできずに東京に戻ってきた。

◆◇◆

夢のような時間を過ごしてから数日がすぎたある日のこと、私はまたいつもと変わらない日常を過ごしていた。

その日最初のお客様を施術《せじゅつ》し終わり、二人目のお客様が来店するまでの間、ノートパソコンで予約リストをチェックしていると……

「あれ？」

二週間後の金曜日に、新規のＷＥＢ予約が一件入っていた。

名前は『青山蓮』さん。

青山蓮さんって、あの青山蓮さんだよね？

「本当に予約してくれたんだ」

嬉しい……！

予約してくれたメニューは、ハンドケアコースだった。ハンドローションを使って手をマッサージして、ファイルと呼ばれるやすりで爪の形と表面をキレイに整えるというコース内容だ。

メイクアップアーティストって、ネイルはしちゃダメなのかな？　それとも料金の都合だろうか？

結局痴漢《ちかん》から彼女を助けられなかったし、もともと、もしお店に来てくれたら無料で施術《せじゅつ》しようと思っていた。

料金の都合で諦《あきら》めたのなら、やってみないかと誘ってみよう。

以降私は、彼女がお店に来る日を楽しみにしながら仕事に励《はげ》んだ。

◆◇◆

そしてとうとう二週間後、青山さんの来店予定日がやってきた。

昨日ちょうどソロウエディングのフォトアルバムが我が家に届いて、素晴らしいヘアメイクに改めて感動したところなのだ。

この感動を青山さんに伝えたい！

青山さんが訪れる予定の十六時を楽しみに待っていると、予約の時間ちょうどに玄関ドアの開く音が聞こえた。

あ、来た！

マンションの一室をお店として使っているので、玄関ドアの前に看板と、『ご予約のお客様は、そのままドアを開けてお入り下さい』という張り紙をしてある。

「いらっしゃいませ……え？」

迎えに行ったところ、そこにいたのは青山さんじゃなくて、男性だった。

切れ長の目に高い鼻。顔のすべてのパーツが完璧な場所にあって、芸能人みたいに整った顔立ち……しかも百八十センチはありそうな長身だ。

な、なぜかすっごいイケメンが来たーー！

短く切りそろえられたダークブラウンの髪はワックスで無造作に散らされている。黒のテーラードジャケットの下にはボーダーのカットソー、そしてホワイトジーンズといった装《よそお》いだ。首元にはレジメンタルストライプの模様が入ったシルバープレートのネックレスをさげ、右手の親指にもシルバーの指輪を付けていて、とてもオシャレ。

そんな人が、どうしてうちの店に？

メンズネイルが密《ひそ》かなブームになっているとはいえ、うちの店には男性が来店したことはない。

あ、もしかして、迷ってしまったのだろうか。

同じマンション内には、整体のお店も入っている。そこと間違えたのかもしれない。しかし、オシャレイケメンはにっこり微笑んでこう告げたのだ。

「こんばんは、予約していた青山です」

第二章　キレイなお兄さんは好きですか？

へ？　今、青山ですって言った……？

「十六時にご予約の青山蓮様……ですか？」

オシャレなイケメンはまたにっこりと微笑み、「はい、そうです」と答えた。

偶然同じ名前だったらしい。

そっか、男性だからハンドケアメニューの予約だったんだ。

「え、えっと、お待ちしておりました。こちらにどうぞ」

施術《せじゅつ》を行《おこな》う席へ案内し、私もテーブルを挟んで向かいの席に座る。

「本日施術《せじゅつ》を担当させていただきます村瀬です。どうぞよろしくお願いします」

「こちらこそよろしく」

最近は男性でもハンドケアやネイルにこだわる人が増えてきていると聞くけれど、実際に自分が担当するのは初めてだ。

だ、男性かぁー緊張するなぁ……

「まずはこちらのカルテにお名前、ご住所、お電話番号のご記入をお願い致します。残りは差し支えのないところまでご記入いただけますか？」

彼に手渡したカルテには、年齢と生年月日やネイルの経験はあるか、ある場合は今までどの店に行ったことがあるか、店からダイレクトメールを送ってもいいか等の質問が続いている。

それらの項目は、知りたいけれど強要はしたくないものなので、うちのサロンでは「差し支えのないところまでご記入下さい」というお願いの仕方をしている。

「お飲み物をご用意致しますね。こちらメニューになります」

「ありがとうございます。じゃあ、コーヒーで」

「かしこまりました」

飲み物を用意して席に戻ると、彼はちょうどカルテの記入を終えたところだった。

「書き終わりました」

たいていのお客様は最低限のところだけ記入するが、彼はすべての項目を埋めてくれている。

あれ、三十二歳なんだ。同じ歳ぐらいだと思ってたけど、若く見えるなぁ……

「ありがとうございます。では、まず右手から始めますね。テーブルのクッションの上に置いていただけますか？」

彼は親指にしていた指輪を外し、右手をクッションに載せる。

そういえば、男の人の手を触るなんて初めて……いや、小学校の行事でダンスをしたときにあったかも？

でも大人の男性の手を触るのは、これが初めてだ。

ま、ますます緊張してきた……って、いやいやいや、余計なこと考えている場合じゃない。

目の前にいるのは〝お客様〟なのだ。貴重な時間やお金を使って、うちに来てくれたのだから最高の時間を過ごしてもらわなくては……！

緊張よ、去れ！　去れ！　去れ～！

「まずは爪の長さや形を整えるファイリングから始めますね。どれくらいの長さがいいですか？」

「極力短いのがいいな。深爪気味かな？　ってぐらい」

「かしこまりました。では、形の希望はありますか？　ラウンド、スクエア、オーバル、ポイントと色々ありますけれど……」

爪の形を一つずつ説明していくと、彼はうんうんと頷《うなず》いて聞いている。

「男性だと、自然なのがいいですかね。オーバルとかどうでしょう」

「うん、そうだね。自然なのがいいかな」

希望を聞いて、施術《せじゅつ》を始めていく。

女性の手と違って指がゴツゴツしていて、爪もほんの少し大きめだ。これは個人差があるのかもしれないけれど、体温も高い。

う……どうしよう。

男性らしさが感じられて、また緊張が戻ってきてしまった。

人の手に触れていると、その人の気持ちが伝わってくるものだ。

緊張しているお客様の手はキシキシという音が聞こえそうなくらい硬くなっているし、常連のお客様の手はリラックスして下さっているのかふにゃっと柔らかい。

……それはつまり私の状態もお客様に伝わっているということだ。

き、緊張が伝わっちゃう～……！

私、しっかり！　プロなんだから、しっかりして！　そうだ！　会話！　会話もしないと！

普段は何気ない会話をしながら施術《せじゅつ》をするのだけど、男性相手だとなにを話していいか途端にわからなくなる。

まずい。これは開業して以来最大のピンチだ。

「え、えっと、さっき書いていただいたアンケートでは、ネイルサロンは初めてとのことですよね。どうして今回はハンドケアをしようと思われたんですか？」

「あれ？」

彼はきょとんと目を丸くし、私の顔を見る。

「え？」

あ、あれ？　私、なにも変なこと聞いてないよね？

施術《せじゅつ》する手を止めて固まっていると、彼がクスクス笑い出す。

「あー……そっか。ふふ、見た目と口調が違うから、気付いてないのね。美乃里ちゃんがよかったら来てねって誘ってくれたんじゃない！　もうっ！　忘れるなんて酷《ひど》いわ」

イケメンなお兄さんの低い声がいきなり高くなり、しかも女性的な口調になったものだからギョッとする。

え？　でも、この声……

「へ？　あ、青山さん？　同姓同名の別人じゃなくて、本当にあの青山さん!?」

「ええ、そうよ。混乱させちゃってごめんなさいね。休日は肌を休めるためにノーメイクなのよ。いつもの姿で来ればよかったわね。口調もこの格好だと違和感あるかしら～……と思って男っぽく変えてるんだけど、そのせいで余計にわからなかったみたいね」

ほ、本当に、あの青山さんなの～～……!?

驚愕《きょうがく》のあまり、思わず立ち上がってしまう。

「え、ノーメイクってあの、え？　青山さんって、おとっ……おとっ……男の人だったんですか!?」

「もしかして、気付いてなかった？」

嘘でしょ!?

「き、気付くわけないじゃないですかっ！　だって、あんなにキレイな女性、男性だとは思わないですっ！」

「あら、美乃里ちゃんみたいな可愛《かわい》い子に褒《ほ》めてもらえるなんて嬉しいわ。どうもありがとう」

「いやっ……そ、そんな……え？　あれ？　じゃあ、私、あんな恥ずかしい話を……お、男の人に……っ!?」

湯気《ゆげ》が出てるんじゃないかってぐらい、顔が熱くなる。

あああああ……っ！　穴があったら入りたい！　この場から逃げたい！

時間を巻き戻して、ソロウエディングをしたときの私にあんな話をするなと言いたい！　なんて途方もない願いを抱くものの、時すでに遅し……

「ふふ、まあまあ、座りなさいな」

とりあえず座ったものの、恥ずかしすぎて青山さんの顔を見ることができない。

ふたたび施術《せじゅつ》を始めて乱れた気持ちを整えようとするけれど、顔の熱さすらもなかなか治まらなかった。

「だからあのとき言ったでしょう？　世の中そんな男ばかりじゃない。その歳まで恋愛経験がなくても引かないって。わたしが男だってわかったら、納得してくれたかしら？」

「わ、忘れて下さい……」

忘れてくれてたらいいなぁって思ってたけど、しっかり覚えているようだ。

「うーん、ごめんね。わたし、割と記憶力はいいほうなのよ」

私がううう……とうめいていると、彼は「納得してくれた？」と再度聞いてくる。

「あ、の……この話やめませんか？」

「ダーメ。美乃里ちゃんの今後に関わる大事な話だもの。もう一度言うわ。男はそんなことなんて気にしないわよ。どう？　恋愛する気になるかしら」

「うぅーん……」

想像してみるけれど、一度諦《あきら》めたせいなのか、自分が恋愛している姿はまったく想像できない。

というか、先ほどの青山さんへの対応を思い返す限り、恋愛どころか男性と関われる気がしなかった。

「その様子だと、前向きな答えではなさそうね？」

「そうですね。無理かも……私、今まで男性とほとんど接点を持ってこなかったので、男の人を前にすると身構えちゃうみたいです。これじゃ恋愛どころか男友達すらできなそうですもん」

「ああ、確かに。さっきわたしに気付いていなかったとき、身構えてたし、とっても緊張してたものね」

うう、プロとして恥ずかしい……！

悟《さと》られないように振る舞っていたつもりだけど、やっぱり伝わっていたらしい。

「んー……そうだわ。わたし、いいこと考えちゃった」

「え？」

その言葉に誘われるように顔を上げると、青山さんが意味深な笑みを浮かべていた。

「美乃里ちゃん、わたしと付き合いましょうよ」

「…………へ!?」

あまりに驚いて、爪の形を整えるためのファイルを手からポロッと落としてしまう。

あ、そっか、冗談だよね。私ったら、なに本気にしてるんだろう。

「あはは……また、そんな、なにを言って……」

「あ、冗談だと思ってるみたいだけど、大真面目に言ってるのよ。痴漢《ちかん》から助けてもらったお礼をなにしようか考えてたけど、これがいいんじゃないかしら！　わたしと付き合えば、彼氏いない歴イコール年齢の記録に終止符《しゅうしふ》が打てるし、もし今後付き合いたい人ができたときに、美乃里ちゃんが気にしている足枷《あしかせ》がなくなるでしょう？　それに男慣れもできる。一石三鳥《いっせきさんちょう》じゃない！　ね？」

本気だったの⁉

「な、なに言ってるんですか！　私と付き合って、青山さんになんのメリットがあるんですかっ！」

「わたしのメリットなんて考える必要ないわ。これはこの前のお礼なんだから。わたしを踏み台にする気持ちでいいの」

「ふ、踏み台って……」

狼狽《ろうばい》していると、青山さんがニッコリ笑う。

「でもね、実はわたしにもメリットがあるのよ。わたし、女の子のことが知りたいの」

「女の子のこと？」

「そうそう。ほら、わたし、ご覧の通り生まれは男でしょう？」

「そう、ですね」

それになんの関係があるんだろう。

「えーっと……わたしはゲイだから女の子と付き合った経験なんてないし、女の子のことがよくわからないのよ。美乃里ちゃんと付き合えば、その辺、よくわかると思わない？」

青山さんは、もっと女性について知りたいってこと？　好きな男性がいるから、より女性らしさを追求してる、とか？

「思わない？　って聞かれても……今でも素敵だし、女装したら女性にしか見えないのに、まだ完璧を目指すんですか？」

「あら、嬉しいこと言ってくれるわね。そう、実はわたし、完璧主義なの。だから完璧な女性になりたいの。ねえ、初めて付き合う相手がゲイじゃ嫌？　美乃里ちゃんが望むなら、さっきみたいに男っぽく振る舞うこともできるわよ？」

「いや、そういう問題じゃなくて……」

でも、こんなチャンスは、もうないかも。

いやいやいや！　だからって、そんな理由で彼氏を作るなんて……

「青山さんって好きな人、いるんですか？」

「あら、唐突《とうとつ》な質問ね。どうしてわたしの話になるのかしら」

「いや、あの、女の子のことを知りたいっていうのは、そういうことなのかなーって。意中の男性をゲットするために、完璧な女性を目指そうとしてるのかなーって想像したんですけど……」

青山さんは片手を自分の顎《あご》に当て、少し考え込むような仕草《しぐさ》をする。

「んー……あーはいはいはい！　そうねっ！　好きな男？　に好かれるために、もっと女の子らしくなりたいわけ！　うん！　ま、そういうことにしておこうかしら」

「え、そういうことって……」

どういうこと？　違うの？

なんだかすごーく違和感がある言い方だ。

「まあああまあ、言葉のあやみたいなものなんだから、深く突っ込んじゃやーよ」

あ、照れてる……とか？　……うん、それっぽい。そっか、照れてるんだ！

こんなカッコよくてキレイな人に好かれるのって、どんな男性なんだろう。青山さんは普段、芸能人のメイクをしてるって言ってたし、モデルさんとか？

「それよりも、どう？　付き合ってくれる？　いいじゃない。付き合いましょうよ。ね？」

「い、いいじゃないって……」

答えに詰まっていると、青山さんがニヤリと笑う。

「そういえば、ここのサロンって、とぉっても評判なんですってね」

「へ？」

「わたしの仕事相手の中にも通ってる人がいて、そう言ってたわ。店長が腕のいいネイリストな上に恋愛経験豊富で、色々相談に乗ってくれるから、ネイルだけじゃなくて恋バナするのが楽しいそうよ」

「そ、そうなんですか。せ、世間って狭いですね。青山さんのお知り合いが通って下さってるなんてビックリ～……は、はは……あ、次、マッサージしますね」

恋愛経験豊富ってところを強調され、嫌な予感に冷や汗が流れる。

ハンドマッサージ用のローションを手に取り、温めてから青山さんの右手を両手で包み込み、揉《も》み解《ほぐ》していく。

「あ、気持ちいいわ」

「本当ですか？　嬉しいです。青山さんは職業柄たくさん手を使うでしょうから、凝《こ》ってるのかもしれませんね」

「そうね。でもこんなに気持ちよくしてもらえたら、明日からまた頑張れちゃいそうだわ」

「ふふ、よかったー」

よし、この調子で会話を別の方向へ持って行って、さっきの話をなあなあにしてしまおう。そう決めて、手のマッサージのうんちくをペラペラ語ってみる。

「そうなのー……あら、このローションとってもいい香りだわー」

「実は評判いいんですよー」

よーし、いい感じに話題を逸《そ》らせてる気がする！

「うんうん、すごくいい香り。嗅《か》いでるだけでもリラックスできちゃいそう……って、あら？　さっきの話はどうしたのかしら？」

あからさまにギクッとして、顔を引きつらせてしまう。

青山さん、鋭《するど》い……！

「な、なんのことでしょう……」

ああ、声まで上ずった！

青山さんは私の表情と声のトーンの変化を見逃さなかった。

「ダーメ。なあなあになんてさせてあげないわよ。……ねぇ、恋愛経験豊富だって評判の店長さんが、本当は恋愛経験ゼロだなんて知られたら、今まで恋愛相談してきたお客様たちはどう思うかしら？」

「なっ……お、脅《おど》すつもりですか!?」

「まっさかぁ～！　ただ、どう思うかしら？　って聞いただけよ」

青山さんはにっこりと微笑むと、私の手をぎゅっと握ってくる。

やっぱり脅《おど》しじゃないーーっ……！

「わたしと付き合えば恋愛経験豊富とまではいかなくとも、恋愛経験ゼロから脱出できるわよ？ね、どう？　お返事聞かせて？」

付き合わなかったら、恐らくバラされてしまうのだろう。私が口にできる答えなんて、一つしかなかった。

「よ、よろしく、お願いします……」

「よかったっ！　美乃里ちゃん、こちらこそよろしくね」

一生結婚なんてしないって決めた途端、まさか彼氏（？）ができるなんて……しかもそれが女装すると超絶美人な男性だなんて。変なことになってしまった。

でも、これを機に男性不信を克服できたら、いつかソロウエディングじゃなくて、本当に好きな人の隣でウエディングドレスを着るチャンスがあるかもしれないってこと？

思いもよらないことになったけれど、これでよかったの……かも？

◆◇◆

翌週の水曜日、私は昼に青山さんと駅で待ち合わせをしていた。

せっかく付き合い始めたのだから、デートしようということになったのだ。

うちのサロンの定休日は毎週水曜日で、青山さんは固定休ではない。今週は偶然水曜日が休みだったらしい。

初めての彼氏に、初めてのデート……

「はあぁぁ～……」

待ち合わせ場所に向かう電車の中で、つい大きなため息を吐いてしまって、周りの視線を集めることとなった。

でも恥ずかしさよりも、緊張のほうが勝《まさ》る。

男の人とデートだなんて、なにを話せばいいんだろう。

「ねぇねぇ、着いたらすぐご飯食べようよ」

「そうだな。腹減った～……なに食う？　ハンバーガーとかでいい？」

激しく脈打つ心臓を、胸に手を当てて押さえていると、近くに高校生カップルの姿を見つけた。

どんな会話をしてるんだろう……

年齢的には私のほうが上でも、恋愛スキルは彼女たちのほうがうんと上だろう。

盗み聞きして勉強させて下さい！　ごめんなさい……！

心の中で謝りつつ、耳を澄《す》ます。

「たっくん、ミャオミャオ」

「出た～！」

へ……？

女子高生は軽く拳《こぶし》を握って猫の手を作り、男子高生の肩を引《ひ》っ掻《か》いてじゃれる。

「ミャオミャオ！」

「こら、やめろって！　ミャオミャオは禁止～！」

「え～？　じゃあ、ワンワンは？」

「ワンワンもダメ～」

わ、わからない……なんの話をしてるのか、サッパリわからない！　なにかの暗号⁉　隠語《いんご》⁉

考えれば考えるほどわからない！

恋人同士がどんな会話をするかいまいち理解できないまま電車を降りた私は、三十分も早く待ち合わせ場所に着いてしまった。

周りには私と同じく待ち合わせをしているらしき人が時計やスマホを気にしながら立っている。

行き交う人々の服装を見ながら、視線を自分の胸元から足元へ落としてみる。

そういえばデートって、こんな格好でいいの……かな？

今日の私は、髪は少しだけ巻いて下ろし、白のショートジャケットに、ストライプ柄でネイビーの膝丈ワンピースとパンプスというコーディネートだ。

新しい服と靴を揃《そろ》える時間なんてなかったから、私が考えるデートっぽい服をクローゼットの中から探してみた。だけど、今さらながら不安になってしまう。

目の前を通りすぎていく女性と自分の服装を見比べながら「これで大丈夫？」と繰り返し考えているうちに、うしろからポンと肩を叩かれた。

「美乃里ちゃん、お待たせ。わたしも早く出てきたつもりだったけど、美乃里ちゃんはさらに早かったわね。いつから待っててくれたの？」

振り返ると、女装バージョンの青山さんが立っていた。

長い髪をヘアアクセでサイドにまとめ、ミントグリーンのチュニックに白のジーンズといった爽《さわ》やかな装《よそお》いだ。

首元には相変わらずスカーフが巻いてある。きっとさり気なく喉仏《のどぼとけ》を隠しているのだろう。

相変わらずキレイだ。本当は男性だなんて、信じられない。

「へ!?　青山さん、なんで女っ……女装してるんですか？　肌を休めるために、休日はノーメイクって言ってましたよね？」

思わず大きな声を出しそうになったけれど、持ち直して小さな声で尋ねてみる。

「男の姿だと美乃里ちゃんが身構えちゃうでしょう？」

「私のために、わざわざ？　す、すみません……」

「気にしないで。それよりも、美乃里ちゃん。今日の髪も服装も可愛《かわい》いわぁ～！　もしかして、わたしとのデートだから、おめかししてくれたの？」

「え、えーっと……まあ、そんな感じで……」

褒《ほ》めてもらえたのを嬉しく思うよりも、なんだか気恥ずかしくなってしまった。モゴモゴ口を動かして俯《うつむ》くと、青山さんがクスッと笑う。

「あら？　もしかして照れちゃってる？」

「ちょっ……か、からかわないで下さい」

「うふふ、美乃里ちゃんったら、可愛《かわい》いっ！　さーてと、まずは腹ごしらえに行きましょうか。この近くにあるカフェのランチがすっごく美味《おい》しいのよ。このあたりで仕事したときに偶然入ったんだけどね、もう大当たりっ！　それから何度か行ってるんだけど、なにを選んでもハズレがないのよーっ！　特に美味《おい》しかったのはオムライスね。美乃里ちゃん、オムライス好き？」

「好きですっ！」

「トロトロ卵のオムライスも美味《おい》しいけど、そこのはね、ふわっふわのシュワッシュワなの。卵がスフレ状になってて。しかもソースは濃厚なデミグラスソースと、じっくり煮込んだチーズ入りのトマトソースの二種類から選べるの。どっちも最高に美味《おい》しいのよ」

「ええっ!?　すごく食べたいっ！」

そう話しながら歩くうちに、目的地にすぐ到着。青山さんの案内してくれたカフェは、駅からすぐ近くにあった。

テラス席が空いていたけれど、日焼けしてしまうかもしれないからと店内に入る。

落ち着いた雰囲気の店内には、センスのいいジャズがかかっていて、椅子《いす》が全部ふわふわで座り心地抜群《ばつぐん》のソファだった！

一枚一枚手書きで作られたメニューを見てるだけでどれも美味《おい》しそうに感じられるけど、青山さんの話を聞いた私が選んだのはもちろんオムライス！

もうさっきからオムライスのことで頭がいっぱいだった。

青山さんも「話したら食べたくなってしまった」と笑って同じくオムライスを注文し、ソースはそれぞれ別のものを選んだ。

「んんー……本当にシュワシュワ……！　口の中ですぐなくなっちゃいますね」

「でしょう？　定期的に食べたくなっちゃうのよねぇ……あ、デミグラスソースも食べてみる？」

「あ、じゃあ私のトマトソースもどうぞ」

お互いの皿からソースのかかった部分をスプーンですくって口に運ぶと、口元が綻《ほころ》ぶ。

「デミグラも美味《おい》しいです！」

「でしょう？　はー……トマトソースもやっぱり美味《おい》しいわ。トマトソースにチーズって、反則技よねぇ……美味《おい》しすぎるものっ！　あ、そうだわ。この後よかったらショッピングしない？　美乃里ちゃん、なにか欲しいものとかある？」

「うーん……あっ！　新色の口紅が欲しいかも」

「じゃあ、デパートに行きましょうか。わたしも勉強のために色々見たいわ」

そっか！　青山さん、メイクアップアーティストだもんね。

「あのー……プロにこんなことを頼むのは失礼だと思うんですけど、もしよかったら、私に合う口紅の色、見立ててもらえませんか？」

「ええ、もちろんいいわよ」

「わあ！　嬉しいです。青山さん、ありがとうございます！」

なんだかこうしていると、彼氏とデートっていうか女友達と遊んでるみたいだし、すっごく楽しい。

付き合おうって言われたこと自体、夢だったんじゃないかと思えてくる。

だって今目の前にいる青山さんって、この前男性の姿で現れた青山さんとまったく違う。本当に女の人みたいなんだもん……

「わたしも美乃里ちゃんにお願いがあるんだけど、いいかしら？」

「はい、もちろんです」

「わたしのこと、『青山さん』じゃなくて『蓮』って呼んで？　付き合ってるんだし、苗字じゃ素っ気ない感じがするでしょう？」

「あっ……えっと、じゃあ、蓮……さん？」

「はい、よくできました」

女友達じゃなくて、恋人なんだよって自覚させられたような気がして、なんだかソワソワ落ち着かない。心の中を見透《みす》かされたみたいだ。

「あ、美乃里ちゃんって甘い物平気？　よかったらデザートも食べない？」

「大好きですっ！　食べたいです！」

蓮さんオススメのデザートも美味《おい》しくて、ぺろりと平らげてしまった。会話をしているうちにやっぱり蓮さんのことを女友達のように感じて、気を抜くと緊張が緩む。

お腹を満たした後はショッピング。私たちはカフェの近くにあるデパートへ向かった。

「美乃里ちゃんはやっぱりピンクが似合うと思うのよね。こういう色はどう？　仕事でも使ってるんだけど、すごくキレイに仕上がるわよ」

「私に似合いますかね？　少しピンクが強い気が……」

「これを見ると濃く見えるかもしれないけれど、実際に付けてみるとうっすら色付く程度だから、ちょうどよく感じると思うわ。試させてもらいましょうか。すみません。こちらの商品を見せていただきたいんですけど……」

デパートの化粧品売り場は、平日の昼間ということもあり空《す》いていたので、すぐに試させてもらえることになった。

鏡のある席に案内され、ショップの店員さんに口紅を塗ってもらうと、蓮さんが言う通り、そこまで濃い色じゃない。

「美乃里ちゃん、とっても可愛《かわい》いし、似合ってるわ！　美乃里ちゃん自身はどう思う？」

「欲しくなりました！　付けるとこんなに淡《あわ》いっていうか、控えめで可愛《かわい》い色になるんですね。すっごく気に入りました」

「ふふ、よかった。じゃあ、これ下さい」

蓮さんは財布を出して、お会計を済ませようとする。

「えっ！　待って下さい。私、自分で……」

「いいの、いいの。この前美乃里ちゃんのお店に行ったときはおごってもらっちゃったし、なにかお礼がしたかったの。だからプレゼントさせて？　ね？」

「でも、さっきのカフェでも出していただいて……」

「……というか、『ここはわたしが払うから』『いやいや、私が払うから』っていう流れは若干おばちゃんっぽいからやめましょう？」

　蓮さんは小さな声で、こそっと耳打ちしてくる。

　確かに……

「あはっ」

　私が思わず笑ってしまった隙に、蓮さんは「ってことで、お会計お願いします」と店員さんにお金を渡してしまった。

「すみません。もらってばかりになっちゃって……」

「あら、『すみません』より、可愛《かわい》い笑顔で『ありがとう』って言ってくれたほうが、ずーっと嬉しいんだけど？」

　蓮さんはにっこりと微笑み、私の頬をツンと突く。

「ありがとうございます。たくさん使いますね」

「ええ、そうして。わたしもこの口紅をした美乃里ちゃんをたくさん見たいもの。そうだ。この後なにか見たいものはある？」

「これといって特にはないんですけど、色々見て回りたいかな？　蓮さんはなにかありますか？」

「んー……わたしも特にないけど、ブラブラしたいかなぁ～って気分。適当に回ってみる？」

「そうですねっ！　そうしましょう」

初めて遊ぶ友達とは会話が途切れないようにするとか、空気を読んだりとか、色々気にして緊張してしまうけれど、蓮さんとの場合はそれがまったくなかった。

まるで昔からの友達みたいだ。

蓮さんといると、楽しいなぁ……

友達でもこんなに気が合う人って、なかなかいないんじゃないかな。

「あ、蓮さんっ！　スカーフがセールになってますよ」

「え、どこどこ？」

「こっちです。行きましょっ！」

友達によくそうするように、蓮さんの腕を掴《つか》んで引っ張っていく。

「わたし、喉仏《のどぼとけ》を隠すために、春と夏は毎日スカーフを身に着けてるの。だから結構枚数持ってるんだけど、セールって聞くと欲しくなるわ～」

喉仏《のどぼとけ》――そうだ。蓮さんって、男の人なんだ。

わかっていることだけど、本当に信じられない。こんなキレイな人が、男性だなんて……！

「美乃里ちゃん、ぼんやりしてどうしたの？　疲れちゃった？」

「い、いえっ！　なんでもないです」

「そう？　でも喉渇《のどかわ》かない？　ちょっとお茶して休憩しましょうか」

カフェでの休憩を挟み、少しブラブラするつもりだった。ところが至るところでセールをしていたものだから、二人共気が付いたら両手がショップ袋でいっぱいに。

そして夜は大量の荷物と共に蓮さんオススメの居酒屋さんに来ていた。創作料理が美味《おい》しいと評判だそうだ。

「うわぁ～……このプチトマトの牛肉すき焼き、すっごく美味《おい》しいですっ！」

「美乃里ちゃん、そろそろグラスが空《から》っぽになるわよ。なにか頼む？」

「キウイ&パインのフローズンカクテルにします」

産地から取り寄せているという、こだわりの食材を使った料理はどれも美味《おい》しい。お酒も生のフルーツや野菜を使っていて、何杯でも呑めてしまいそうだ。……というか結構呑んでる。

特に帰る時間は決めていなかったけれど、夕方くらいにはなんとなく解散かなって思ってたし、蓮さんと会う前は緊張していたから、できるだけ早く帰れたらいいなって思ってた。

だけど今は、この時間が終わってしまうのが寂しい。

今日は本当に楽しかったなぁ……

「美乃里ちゃんの爪、今日も可愛《かわい》いわね」

「あ、実は蓮さんが来店して下さった次の日に変えてみたんです」

親指が濃いめのピンク、人差し指が少し薄いピンク、中指がさらに薄いピンク。薬指は白で花のシールを埋め込み、小指は中指と同じ色にして統一感を出しているつもりだ。

「プロにこう言うのはアレだけど、本当にすごいわねぇ～器用だわぁ～……」

蓮さんは私の手を持って、まじまじと眺める。直前までカクテルグラスを持っていた蓮さんの手はほんの少し冷たい。

前回はこの手に触れることをすごく意識してしまったけれど、今日の蓮さんは女装しているからか、それとも結構お酒を呑んでいるせいか緊張しすぎることはない。

「ねぇ、美乃里ちゃんはどうしてネイリストになったの？」

「小《ち》っちゃい頃に親戚のお姉さんにマニキュアを塗ってもらったのがきっかけなんですよね。すごーい！　爪ピカピカ〜！　ピンクだ〜って！　それからネイルに興味を持つようになって、ネイリストっていう職業があるって知ったときには、もうこれしかないっ！　って思いましたよー。爪がキレイだと、なにをしてても嬉しいんですよね。仕事してても、買い物してても、家事してても！　私が親戚のお姉さんにその喜びをもらったように、私も誰かにそれをあげられたらなぁ〜って」

あれ？　私、なにを語ってるんだろう。

だんだん照れくさくなってきて、頬を通り越して耳まで熱くなる。照れくささを誤魔化《ごまか》すようにさっと手を引いて、新しく来たフローズンカクテルを呷《あお》った。

「そうだったのね。とっても素敵だわ」

「えーっと、蓮さんはどうしてメイクアップアーティストになったんですか？　ソロウエディングのときにスタッフの人から聞いたんですけど、普段は芸能人のヘアメイクをしてるんですよね？すごいです！」

「あら、やだ。美乃里ちゃんにすごいだなんて言われたら、わたし照れちゃう。実は母が同じくメイクアップアーティストなの。それでよく母の仕事先に付いて行ってたものだから、影響されたのよ。ヘアメイクでこんなにも外見が変わるなんて面白い！　ってね。小さい頃は『メイクする前と全然違うね！　メイクしたほうがキレイだね！』なーんて悪びれもせず言って、母にゲンコツ落とされたわ」

「あははっ！　それは禁句でしたね」

「そうよねぇ～……でも、当時はわからなかったのよ。今はあのときのモデルさんに、土下座したい気持ちでいっぱいだわー」

蓮さんは頭を抱え、大きなため息を吐く。

「小さい頃って無神経なことをそうとは思わずに言っちゃいますよね。私もいくつか記憶にありますもん。そういえば、メイクアップアーティストって、どうやってなるものなんですか？」

「わたしの場合は高校を卒業した後メイクの専門学校に行ったわ。卒業後はプロダクションに所属してアシスタントから始めて、数年後にようやく一人前に！　無事メイクアップアーティストデビューって流れよ。今はプロダクションを退職して、フリーでやってるわ」

「フリーってかなりの実力がないとできないことですよね。すごいです！」

「ふふ、ありがとう。でも、美乃里ちゃんだって、自分のお店を持って素晴らしいわぁ！」

蓮さんみたいな実力者に褒《ほ》められると、照れちゃうなぁ……

ふと、テーブルに置いてある蓮さんのスマホの通知ランプがチカチカ光ってることに気付く。

「蓮さん、スマホが光ってますよ」

さっきから頻繁《ひんぱん》に光ってるけれど、メールが来てるのかな？

蓮さんはランプの点滅を消すためにスマホを操作するだけで、返事をしている様子はない。私に気を遣っているのだろうか。

「そうなの。ごめんなさいね。テーブルの上に置いてたら気になるわよね。でも、たまに急を要する仕事の連絡も来るものだから……」

「あ、いえ、そういう意味じゃなくて、誰かから連絡が来てるなら、私のことは気にしないで返事して下さいって言いたくて」

「あら、そうだったの。ありがとう、優しいのね。でも、大丈夫よ。急を要するものじゃないし、今は美乃里ちゃんとの時間を大切にしたいの」

そう言い終わるのと同時に、蓮さんのスマホが鳴る。画面に『着信：風間翔太《かざましょうた》』と表示されているのが見えた。

「あら、着信だわ」

風間翔太って、まさかアイドルの風間翔太？

『First star《ファースト スター》』というアイドルグループのメンバーで、最近はソロでの活動も盛んなアイドルだ。映画やドラマ、雑誌にと引っ張りだこで、見ない日はないぐらい。

茶髪でフワフワした髪型に、黒目がちの大きな目をしているから可愛《かわい》い印象だ。最近見たワイドショーでは、「近頃は二十歳を迎えたこともあり、男性の色気も出てきている」とコメントされていた。

同じ名前なだけ？　でも蓮さんは芸能人のヘアメイクを担当してるって言ってたし、もしかして本物？

「あっ！　私のことは気にしないで出て下さい」

「大丈夫。連絡を返していないから、かかってきただけなの」

「そうなんですか？」

「ええ、翔太は今日オフだからたらふく呑むって言ってたし、さっき一度メッセージを確認したら『僕の家に来てください！　今めっちゃ呑んでます！　蓮さんも呑みましょう』って書いてあったしね。この子、酔うと寂しがり屋になっちゃうみたいなの」

「ごめんなさい。あの……画面が見えちゃって……風間翔太って、もしかしてアイドルの？」

「あら、知ってるの。そうよ。わたしがヘアメイクを担当してるアーティストの一人なの」

やっぱり、本物だったんだ！

「す、すごいっ！」

「もしかして美乃里ちゃん、ファンなの？　やだぁ、妬《や》いちゃうわぁ」

「いえいえ、ファンってほどじゃないです。ただ、よくテレビや雑誌で見る人のヘアメイクを、知ってる人がやってるなんて……なんかすごいなぁって思って」

「ああ、ふふ、なるほどね」

楽しく会話を弾ませていると、ラストオーダーの時間がやってきた。とても人気のお店らしくて、混んでいるときは二時間の制限を設けているそうだ。

「えーっ……もうそんな時間ですか？　帰りたくないなぁ～……」

最後に頼んだ、にごり苺《いちご》梅酒をロックで呑みながら、ポツリと呟《つぶや》く。

酔っているせいか、思っていることがすぐ言葉に出てしまう。

「うふふ、それってわたしといると楽しいってことかしら」

「そうですよ！　今日はとっても楽しかったぁ～……」

美味《おい》しかったし、楽しかったから今日は呑みすぎた。こんなに呑んだのっていつぶりだろう。でもまだ呑みたい気分だ。

頭がフワフワして、いい気持ち……

「じゃあ、もしよかったら、もう一軒行っちゃう？」

「行きたいですっ！」

張り切って次のお店を探すものの、二十時ということもありどこも満席のようだ。

そうしているうちに今いるお店を出なければいけなくなり、大量の荷物を抱えた私たちはふたたび外へと出た。

「結構歩いて足も疲れたし、この大荷物だし、歩いてお店を探すとなると辛いものがあるわねぇ」

うーん……これは解散の流れかなぁ？

もう少し一緒にいたかったから、あからさまにしょんぼりしてしまう。するとなぜか蓮さんが私の頭に手を置き、クシャクシャッと撫《な》でてきた。

「わわっ！　い、いきなりなんですかっ⁉」

「うふふ、ごめんなさいね。美乃里ちゃんが可愛《かわい》くて、つい。ねぇ、わたしの家、ここから結構近いの。もしよかったら、宅呑《たくの》みにしない？」

「えっ！　いいんですか？　行きたいです！」

即答すると、蓮さんが目を丸くする。

「本当にいいの？　わたしの家よ？」

どうしてそんな質問をされるのかがわからなくて、目をパチパチさせていると、なぜか笑われた。

「信用されきっちゃったものねぇ～。ちょっぴり複雑な気分」

「え？」

「ううん、こっちの話。荷物が重たいし、タクシーに乗っちゃいましょうか」

「はいっ！」

よくわからないけど、蓮さんのお家《うち》に行ってもいいらしい。

私はいい気分になりながら蓮さんの拾ってくれたタクシーに乗り込み、彼の家へ向かった。

◆◇◆

蓮さんのマンションは本当に近くて、タクシーも初乗り料金で到着した。

そこは十四階建てのデザイナーズマンションで、エントランスと共用廊下は広々としており、各部屋のベランダはテラスのようになっていて、とてもオシャレだ。

目の前のコンビニでお酒を購入し、準備万端で蓮さんの部屋へ向かう。部屋は六階の角にあった。

「お邪魔《じゃま》しまーす」

「はい、どうぞー。自分の家だと思って、ゆっくり寛《くつろ》いじゃって」

2LDKで、リビングの壁はレンガ。家具はモノトーンで統一されている。外観と同じくらいオシャレな部屋だ。

今日一日ずーっと履《は》いていたパンプスを脱いでソファに座ると、足が楽になって思わずため息がこぼれた。

「はぁぁ〜……足が極楽《ごくらく》です」

「パンプスって痛いものねぇ〜……ね、美乃里ちゃん、まだお腹に余裕ある？　おつまみ作ろうかなーって思うんだけど」

「あります！　そして私もお手伝いします」

「あらあら、そんなことしないで、寛《くつろ》いでくれてていいのよ？」

「いえいえ、手伝いますよ。なにを作るんですか？」

蓮さんのいるキッチンに入ると、カマンベールチーズとベーコンが用意されていた。

「ネットで見かけたレシピでね。前々から気になってたものの、一人で試すのはー……って躊躇《ちゅうちょ》してたの。カマンベールチーズをベーコンで巻いて、塩コショウを振って焼くと、とっても美味《おい》しいらしいのよー」

「美味《おい》しそう！　……けど、カロリーの爆弾ですね」

「でしょう？　一人じゃ怖くて、とてもとても……でも、美乃里ちゃんが一緒だと無敵な気がするわ！　ね、チャレンジしてみない？」

私は、もちろん力強く頷《うなず》いた。

チーズを食べやすいように一口大に切り、ベーコンをくるくる巻いて塩コショウを振る。フライパンで焼くとカマンベールチーズが蕩《とろ》けていく。

「うわわわわ！　蓮さん、見て下さいっ！　すごいっ！　すごいです！」

「なんだかカロリー的に罪悪感がすごいわね！　わたし、サラダも作っておくわっ！　これでほんの少しは許される気がする！」

カロリーの爆弾……じゃなくて、カマンベールチーズのベーコン包みができ上がるのとほぼ同時に、蓮さんのサラダも完成。

冷めるから片付けは後にしようと、二人でいそいそとソファ前のローテーブルへ運んだ。それをビールを片手に食《しょく》した私たちは、至福の境地に至った。

「口の中がこってりになったところにビールを流し込むとサッパリして……また食べるとこってりして、ビールを呑むとまたサッパリ……ああ～エンドレスです！」

「すごい！　美乃里ちゃん、食リポみたいよ！」

おつまみが美味《おい》しすぎて、ビールが進んでしまう。こんなに呑んだのは初めてかもしれない。

「あーっ……もう、限界っ！　メイク落としたいっ！　美乃里ちゃん、ちょっと失礼していい？」

「はぁ～い」

酔いが回りに回っている私は、誰が聞いても酔っぱらってるとわかるような声で返事をした。

今日は本当に楽しかったなぁ～……

洗面所からジャバジャバと、顔を洗う音が聞こえてくる。

いいなぁ～私もメイクを落としたい。でも、帰りにスッピンはちょっと恥ずかしいしなぁ～……

ああ、スッピンで外を歩けていた子供の頃に戻りたい。でも、大人になってお酒が呑めるようになったし、夢見てたネイリストにもなれたし、このままでいいやぁ～……えへへ。

新しく開けた缶チューハイをしばらく一人で呑んでいると、足音が近付いてきた。

「お待たせ」

「お帰りなさぁ～い……へ？」

隣に視線を移すと、そこには男バージョンの蓮さんが座っていた。

メイクを落とし、ウィッグを外し、シンプルなシャツとカーゴパンツに着替えている。

「えっ！　な、なんで……」

「ん？　なに？」

あ、そ、そっか、蓮さん、男の人だもんね。

当たり前のことなのに、知っていたことなのに、すっかり忘れていた。

いきなり知らない男の人が現れたみたいに感じて、一気に緊張してしまう。

「髪……」

「ん？　ウィッグのこと？　メイク落としたのにウィッグ被《かぶ》ってたら変だろ？」

お、男の人みたいな喋《しゃべ》り方!?　いや、男の人だけどもっ！

「じゃあ、服……は？」

「服も同じ。ノーメイクのウィッグなしでレディースの服を着ていたら変……というか、軽く事件だって」

「じゃ、じゃあ、喋《しゃべ》り方がいつもと違うのは？」

「男の格好であんな喋《しゃべ》り方するのは、違和感あるだろ？」

そうかもだけど、突然知らない人が現れた、みたいで緊張する。

「そ、そっか……そう、れすよね……あは……は……」

「はは、ろれつが回らなくなってきてるよ？」

気恥ずかしくて、蓮さんの顔を見ることができない。

「あの、お水、もらっていいれすか？　酔い、覚まさないと……」

そう言って勢いよく立ち上がると、貧血みたいに目の前が真っ暗になった。

「あっ……」

酔っぱらってグニャングニャンに力が抜けた膝では自分の体重を支えられなくて、そのままうしろに転びそうになった。でも、蓮さんがしっかりと抱きとめてくれる。

「っと、危ねっ！　酔っぱらってるときに、そんなふうに立ち上がっちゃ危ないって」

頼もしくて力強い腕――服越しだけど、熱い体温が伝わってくる。

急速冷凍されたみたいに固まったまま、私が身動きできないでいると、蓮さんがクスッと笑う。

「どうかした？　身体、カッチコッチなんだけど」

「う……な、なんれも、ない、れす……」

「水ならここにあるから、キッチンまで行かなくていいよ。ほら、どうぞ」

「あ、ありがとう、ごらいます……」

本当だ。ミネラルウォーターのペットボトルがちゃんと置いてあった。

足元がおぼつかず床にへたり込みながらも、なんとか水を飲もうとする。でも、緊張しているのか、酔ってちゃんと手が動かせていないのか、なかなか蓋《ふた》を開けられない。

「開けてあげよっか？」

「へ？　あっ……だ、だだだ大丈夫です……自分で……でき……マス」

何度か失敗しながらも、ようやくペットボトルの蓋《ふた》を開けることができた。ちびちびと喉《のど》に流し込んでいると、蓮さんが面白いものでも発見したかのようにクスクス笑う。

なにも面白いものなんてないはずなのに……あ、なかなかペットボトルを開けられなかったことかな？

「女装のときと全然態度が違うね。女の格好をしているときは無防備に俺の手とか腕とかに触れてくれたけど、今は警戒心ＭＡＸの野良猫《のらねこ》みたいだ」

すると蓮さんはニヤリと笑って、私の顎《あご》の下を指先でくすぐり始めた。彼の指からは、微《かす》かに洗顔ソープの甘い香りがする。

「んっ……な、なにして……」

「ん？　美乃里ちゃんが可愛《かわい》いから、触りたいだけ」

「さ、触りたいだけって……ちょっ……んんっ……くすぐった……い、です……よ」

顎《あご》の下をくすぐっていた指を支えにし、今度は親指の腹で私の唇をなぞる。

「口紅、ずっと食べたり、飲んだりしてたから、全部剥《は》がれちゃったね」

蓮さんの指は、私の唇をツツッとなぞったり、ぷにぷに押したりと、その感触を楽しむように動く。

なんだかくすぐったくて、でも、それだけじゃなくて……

お酒を呑んでるせいかな？　触れられていると緊張するのに、身体の力が抜けてきて目がとろんと蕩《とろ》ける。

「……っ……ン……あ、の、蓮……さん……んんっ……！」

目をなんとかこじ開けようとしたそのとき、蓮さんの顔がとても近くまで迫ってきていることに気付いた。

え……？

どうしてこんなに近くにあるのかと驚いていたら、唇に指とは違う柔らかな感触が訪れ、チュッという音が聞こえた。

酔っぱらった頭の中で、この感触と音の正体を探る。

シラフならすぐにわかるはずだけど、今までにないぐらい酔っていた私は判断力が大分鈍《にぶ》っているようだ。

もしかして、ううん、もしかしなくても……

ようやくキスされたことに考えが及び、顔が燃え上がりそうなほど熱くなる。

「なっ……なんっ……にゃにっ……しっ……」

「ふふ、やっぱりろれつが回ってないよ？　かなり呑んでたもんね」

蓮さんだって私と同じ……いや、私以上に呑んでいたはずなのに、顔も赤くなっていないし、シラフと変わらない雰囲気だ。

「どうしてキスしたの？　って聞きたいのかな？」

頷《うなず》くと、余計酔いが回ってクラクラする。

「そりゃあ、するでしょ。だって俺たち、付き合ってるんだもん。おかしくないだろ？」

え……えええええ!?　でも……いや、うん。言われてみると確かに……。付き合ってるんだから、キスしてもおかしくはないかもしれない。でも……あ、あれ～？

とんでもない勢いで脈打つ心臓を服の上から押さえていると、蓮さんがふたたび唇を重ねてくる。

ちゅ、ちゅ、と私の唇の感触を楽しむように啄《ついば》む。

すごい……

唇って、柔らかくて、温かくて……キスってこんなに気持ちいいんだ。

無意識のうちに自然と上瞼《うわまぶた》が落っこちて、下瞼《したまぶた》とくっついた。

私の唇を塞《ふさ》いでいる蓮さんの唇が、なぜかクスッと綻《ほころ》ぶ。

口紅やグロスを塗るとき、飲み物や食べ物を口にするときにも唇に刺激は加わるのに、こんな気持ちよさを感じたことはなかった。

どうして唇で触れられると、こんなに違うの……？

混乱しながらもそんなことを考えていたら、別の動きが加わった。

味見するように舐《な》められ、そうかと思えば唇で唇を挟み込まれ、きゅっと力を加えられる。

「んっ……んんっ……」

な、に……？

肌がゾクゾク粟立《あわだ》って、少しも触れられていないお腹の奥がなぜか痺《しび》れた。

初めての感覚に戸惑っていると、いつの間にか開いていた私の口の間から、蓮さんの舌が侵入してくる。

「……っ……ン……！」

口内に入ってきた長い舌が、私の中を探るように動く。

歯列《しれつ》や口蓋《こうがい》をなぞられると、くすぐったさを伴った気持ちよさが訪れてゾクゾクする。

するとますますお腹の奥が痺《しび》れて、熱くなっていくみたいだ。

な、な、なにこれ……

舌を絡められ、擦《こす》り付けられると力が抜けてしまう。自分の身体を支えられなくて、座っていられない。

このままうしろに倒れて、頭をぶつけてしまうかもと思ったら、蓮さんが私の腰に手を添えて支えてくれた。

床と激突するはずだった私の背中は、ゆっくりと地面に着地した。

その間も、私の唇は、蓮さんに奪われ続けている。

食べ物が口の中で動いても、病院で喉《のど》の状態を見せるためにお医者さんにステンレスのヘラで舌を押されてもなんともないのに、どうして蓮さんの舌だとこんなに気持ちいいんだろう。

息をするたびに甘えたような……というか、エッチな声が漏《も》れて、唇を合わせる音と相まって恥ずかしい。

「美乃里ちゃん、付き合った人はいないって言ってたけど、キスも初めて？」

「んっ……当たり前、じゃないですか……」

勢いよく首を縦に振って答えたら、また酔いが回ってクラクラする。

「うぅ……」

「お酒を呑んでるんだから、頭を振ったらダメだよ。ただでさえ酔ってるのに、なおのこと酔いが回るだろ？」

「……っ――……だって蓮さんが、変なこと……聞く、から……」

「ごめん、ごめん。そういう場合もあるかなと思ってさ。でも、そっか……ふふ、美乃里ちゃん、さっきのがファーストキスだったんだ？」

静かに頷《うなず》いたら、蓮さんが口元を綻《ほころ》ばせる。

顔が熱いのは、恥ずかしいから？　それとも、酔いが回ってるから？　……それとも、どちらも？

「ご馳走様《ちそうさま》。美乃里ちゃんの初めてをもらえて嬉しいよ」

蓮さんは満足そうに私の唇をちゅ、ちゅ、と啄《ついば》むと、子供を持ち上げるように軽々と私を横抱きにした。

「んっ……ひゃっ！　れ、蓮さん？　な、なに？」

「ベッドに行こうと思って。ここじゃ背中が痛いだろ？」

「へ？　べ、べっど？　……ベッド⁉　な、なんれ……」

混乱する私の気持ちを置いてきぼりにしたまま、蓮さんは寝室に向かってスタスタ歩く。

蓮さんは決して筋肉質じゃないし、男性にしては細いほうだと思うのに、どこからこんな力が出てくるのだろう。

「俺が恋人の美乃里ちゃんをベッドに連れて行く理由……説明しないとわからない？」

寝室に到着してベッドに押し倒されると、ふわっとシャンプーの香りがした。

甘いけど爽《さわ》やかさもある、女性のものとは違う香り――

そこは八畳ほどの寝室で、ベッドは二人で寝ても問題なさそうな大きさだ。きっとダブルベッドなのだろう。

カバーやシーツは、無地のブラウンで統一されていた。照明は暖色系で、リビングよりワントーン、いや、ツートーンは暗めだ。

「お望みなら、そりゃぁもう丁寧に説明してあげるけど、どうする？」

蓮さんは耳朶《じだ》にチュッとキスし、少し低い声で尋ねてくる。

経験はなくとも、そう言われたらわかるに決まってる。

「ンッ……い、いい……説明、いいです……大丈夫……」

酔いが回るとわかっていても、つい頭を左右に振ってしまう。

「ちなみに美乃里ちゃん、キスの経験はなくともそういう経験はあったりする？　ほら、初めてと経験者だと、抱き方を変えないと、だからさ」

蓮さんは私の首筋にキスしながら、そう尋ねてくる。

「……っ……な、ない……ない、です……けど、待って……わ、私……女……なのに……」

「うん、そうだね。こんなに立派な胸があるんだもん。『男です』なんて言われたらビックリしちゃうよ」

指先で胸をプニッと突《つつ》かれ、咄嗟《とっさ》に両手を交差して隠した。

「ひゃぁっ……！　そ、そういう意味じゃないですっ……蓮さんは、男の人が好きなんですよね？それなのに、どうして……」

蓮さんは切れ長の目をキョトンと丸くし、私の胸を突《つつ》いていた指を自身の顎《あご》に添えた。なにかを考えているらしい。

「んー……俺、とっても器用なんだよね」

「へ？」

「だからさ、とっても器用なんだ」

あー……そっかぁ、器用だと、女の人のことが好きじゃなくても、抱けちゃうんだ。そっかあー……

頭の中がフワフワして、動作も遅くなっているだけでなく、思考能力も相当落ちているようだ。難しいことどころか、簡単なことも考えられない。今「一＋二は？」って聞かれても、即答できそうにない。そのくらい泥酔《でいすい》していた。

「わかった？」と尋ねられ、よくわからないながら私はこくりと頷《うなず》く。

「美乃里ちゃん、うつぶせになれる？」

「うつぶせ？」

あれ、うつぶせって、どっちだろう。

「はは、酔っぱらってるから、わかんなくなっちゃったかな？　可愛《かわい》い……」

頭をくしゃくしゃに撫《な》でられて、唇にチュッとキスされた。

「じゃあ、コロンって転がってみて？」

言われた通りに転がると「上手だよ」と褒《ほ》められ、背中にある服のファスナーを下げられた。ブラのホックも外されて背中が涼《すず》しい。そしてそれと同時に心許《こころもと》なくなる。

「あっ……ま、待って、蓮さん……」

「どうしたの？」

背中にキスを落とされると、くすぐったくて身体がピクンと跳ねてしまう。

「んっ……ほ、本当に、する……の？」

「するよ。恋人なら、してもおかしくないだろ？　むしろ二十八歳で彼氏がいたことあるのに、処女だってほうが不自然じゃない？　『夜』の練習も必要だと思うけど」

　確かに、そうかも……？

「さしずめ『夜の恋愛レッスン』ってとこかな」

「夜の……」

「それに美乃里ちゃん、俺に女の子のことを教えてくれるって約束したよね。どんなふうに触られたら気持ちいいかー……とか、どこを触られたら気持ちいいのかー……とか、色々教えて欲しいな」

「あっ……」

　蓮さんの大きな手がうしろから脇《わき》を通り、胸元に侵入してきた。

　緩んだブラのカップの中に両手が潜《もぐ》り込んできて、両方の胸を直《じか》に揉《も》まれる。

「んぅ……っ……ゃ……んっ……」

　ふにゅふにゅと揉まれると、変な声が出てしまう。

「ふふ、美乃里ちゃんの胸、とっても気持ちいいね。柔らかくて、弾力があって、しっとり肌にすいついてきて……ずーっとこうしてたいって思うぐらい気持ちいいよ」

「んっ……く、くすぐった……っ……ぃ……ぁんっ……」

「ね、美乃里ちゃん、またコロンってできる？」

　蓮さんがうしろから耳元でささやいてきた。耳に彼の唇が当たると、ゾクゾクする。

「コロンって、して？」

さっきと全然違う、低い声だ。

どうしてだろう……

蓮さんにお願いされると……特に低い声で言われると、逆《さか》らえない。

怠《だる》い身体をなんとか動かして仰向《あおむ》けになった途端、蓮さんと目が合ってドキッとする。恥ずかしいのに、目が離せない。

蓮さんはふたたび私の唇を奪いながら、ワンピースを脱がせてくる。

「ピンクのブラ、可愛《かわい》いね。ホックを外す前に、じっくり見ておけばよかったな」

……ああ、そっか。今日ってピンクのブラ付けてたんだ。……あれ？

ぼんやりする頭の中、先ほどトイレに行ったとき、自分のショーツが水色だったことを思い出す。

「あ……っ……ダ、ダメっ……蓮さん、待って……っ」

力の入らない手を必死に動かして、これ以上脱がされないように、ずり下げられそうになっていたワンピースを掴《つか》む。

「俺とするの、嫌だ？　……男の格好だと、怖いかな？」

蓮さんが不安そうな顔で尋ねてくる。

首を左右に振ってそうではないことを訴えたら、その表情が安堵《あんど》に変わった。

「じゃあ、いいよね」

蓮さんの手が、ふたたび私のワンピースをずり下げようとする。

「ま、待って……下着……」

「下着がどうしたの？」

「……今日の、上下で色、違う……から……」

恥ずかしいけれど見られるよりはマシだろうと、勇気を出して言ってみる。すると蓮さんは目を丸くして、クスッと笑う。

「今日はしないと思って、油断してた？」

「油断じゃなくて……まったく、頭になくて……」

「俺は美乃里ちゃんを抱けるんじゃないかって、すごーく期待してたけどね。大丈夫だから、手を離していいよ」

今日はもうこれ以上しないってこと？

ホッとしたような、どこか残念なような……って、どうして残念に思うんだろう。

元から手に力なんて入っていなかったから掴《つか》むというより添えていたようなものだけど、言われた通りにそっと手を退《ど》ける。すると蓮さんはニッコリ笑って、ワンピースをずり下げた。

「ひゃっ……!?　な、なんっ……大丈夫って、言った……のに……っ」

「うん、言った。『下着の上下が揃《そろ》ってないことなんて気にしないから、大丈夫』って意味だけど」

私の想像してた大丈夫の意味と大分違うんですけど――……！

ワンピースをすっかり脱がされ、ピンクのブラに水色のショーツという頓珍漢《とんちんかん》な格好を露《あら》わにされた。

「ふふ、本当だ。上下違う色だね」

「うう、見ないで下さい……」

「美乃里ちゃんって、ホント無防備で可愛《かわい》い」

一生懸命ワンピースに手を伸ばそうとするけれど、もうとっくに足首から引き抜かれていた。

しかも蓮さんは「可愛《かわい》いワンピースが皺《しわ》になったら大変だ」と言って立ち上がり、ワンピースをハンガーにかけて、クローゼットへしまってしまう。

その間になにか身体を隠せるものはないかと探したけれど、見つからない。

隠しきれないとわかっていても、右手でブラを、左手でショーツを隠す……ものの、ああ……やっぱりあちこちはみ出ている。

ふたたびベッドに戻ってきた蓮さんはシャツとカーゴパンツを脱いで、私の上に覆《おお》い被《かぶ》さってきた。ボクサーパンツの真ん中が大きく盛り上がっている。

つい注目してしまうと、私の視線に気が付いたらしい蓮さんが首を傾《かし》げた。

「ん？　俺の股間がどうかした？　興味あるのなら、好きなだけ弄《いじ》って構わないけどー……というか、むしろ大歓迎？」

「ち、違……っ……え……えっ、と……」

ぼんやりした頭で言い訳を考えていると、蓮さんの手が伸びてくる。

「そんなことよりも美乃里ちゃん、隠さないで見せて」

「で、でも……」

「上下違うのが恥ずかしいのなら、脱いじゃえばいいよ。ほら」

「あっ……」

蓮さんは胸を隠す私の手を退《ど》けると、ブラを取り払ってブランケットの中に隠した。

「これで上下違うなんてわからなくなったし、恥ずかしくなくなったね」

「……っ……こ、これじゃ、別の意味で恥ずかし……ひゃっ……」

遅い動きではあるものの、咄嗟《とっさ》に両手を交差させて胸を隠したら、無防備になったショーツを蓮さんの手がずり下ろす。

「はい、これで完全にわからなくなった。よかったね？」

「れ、蓮、さん……」

は、恥ずかしい――……！

ああ、どうせ酔うなら、身体能力や思考能力だけじゃなくて、羞恥心《しゅうちしん》も鈍《にぶ》くなってしまえたらいいのに！

「恥ずかしがる美乃里ちゃんも可愛《かわい》いよ。ほら、観念して、俺に全部見せて？」

「……っ」

力の入らない手は、蓮さんにあっさり退《ど》けられてしまった。

まさか男性に、裸を見られる日が来るなんて……！

「美乃里ちゃんの身体、すごくキレイだ。胸の形もそうだけど、乳首も可愛《かわい》い。ね、鏡見たときとか、自分の身体を見てうっとりしない？」

「そ、そんなわけ……ぁっ……んんっ……」

無防備に晒《さら》されている胸は、蓮さんの大きな手に包み込まれて、また揉《も》まれ始める。ムニュムニュと指が食い込むたびに、胸が卑猥《ひわい》な形に変わる。羞恥心《しゅうちしん》と共に興奮を煽《あお》られているみたいで、身体がどんどん熱くなっていく。

「ああ、気持ちいい。ね、美乃里ちゃん、どんな感じ？」

「……っ……ン……は、恥ずかしくて……どうにか、なっちゃいそ……う、です……」

蓮さんはビクビク身悶《みもだ》えする私の耳を縁取《ふちど》るように舐《な》め、同時に指先で乳輪をふにふにとタップしてくる。

「恥ずかしい以外はなにも感じない？」

蓮さんはさらに、胸の先端を中心にしてクルクル円を描くように指を動かしてくる。するとそこがどんどん硬くなり、ツンと尖《とが》ってしまう。

「ン……ぅっ……くすぐったい……」

「経験を重ねるうちに、そのくすぐったいのが、きっと気持ちよくなってくるよ。俺が教えてあげる。……ね、ここを触られるのは、どう？」

尖《とが》った胸の先端を指先で押されると、一際《ひときわ》強い刺激が襲ってきて、身体がビクンと跳ね上がった。

「ひぁんっ……！」

蓮さんは私の反応を見てクスッと笑い、尖《とが》ったそこを人差し指と親指でつまみ、くりくりと転がし始める。

そして同時に、もう片方の胸も同じように刺激し、そちらも尖《とが》らせていく。

初めて体験する刺激に翻弄《ほんろう》され、私の唇からは恥ずかしすぎる声が飛び出していた。

「んっ……ぁっ……やんっ……そ、そこ……ぁっ……ぁんっ……！　蓮さっ……ん……ダメぇ……っ！」

「可愛《かわい》い声……女の子って、こんな声を出せるものなんだね。……ね、どう？　乳首をこねくり回されるのって、どんな感じ？」

「……っ……く、すぐった……ぃ……」

「それだけ？」

蓮さんの愛撫《あいぶ》によって、両方の胸の先端がさらにツンと尖《とが》りきっていく。彼はそこを指でつまんで、クリクリと転がす。

「ひぁっ！　ン……やっ……んんっ……そ、それ……ダメぇ……っ……！」

「『ダメ』じゃ、どんな感じかわからないな。じゃあ、指とこうされるのだと、どっちが好き？」

「んっ……こ、こうって……？」

蓮さんはご馳走《ちそう》を目の前にした肉食獣《にくしょくじゅう》のように、ペロリと舌なめずりをすると、私の胸に唇を近付けていく。

あまりにも刺激的な光景に、さらに興奮が煽《あお》られる。

『こうされる』ということが、なにを意味しているのかようやく気付いた。

片方の胸を指で弄《いじ》られたまま、もう一方の先端を舌先でなぞられ、形のいい唇にパクリと挟まれる。

「ンぅ……っ！　ぁ……っ……んんっ……！」

激しいくすぐったさが襲いかかってくる。

でも、気持ちいい。

このくすぐったさが、クセになりそうだ――

熱い舌で飴玉《あめだま》を味わうようにヌルヌルと転がされ、そこを強く吸われるとゾクゾクする。

触れられていないお腹の奥が、また熱くなるのを感じた。

足の間がなんだか熱くて、ムズムズする。胸の先端に触れられるたびに、そこの疼《うず》きが激しくなっていく。

思わず太腿《ふともも》を擦《こす》り合せると、ヌルリとした。

あ、れ……？　私、もしかして濡れてる……？

周りの友達やお客様からの恋バナには、エッチな話も含まれていた。なので私は経験がなくとも、知識だけは豊富な耳年増《みみどしま》なのだ。

感じるとこうなることはわかっていたけれど、自分の身体が変化するというのはとても不思議な感じがした。

「ね、どっちがいい？」

胸の先端をしゃぶっていた唇をそこから離して、蓮さんが尋ねてくる。彼の唾液《だえき》で濡れたそこに温かい息がかかると、ブルッと肌が粟立《あわだ》つ。

「あ……んんっ……りょ、両方……」

指や舌で転がされる刺激とはまた別に、これも気持ちよくて堪《たま》らない。

「両方いいんだ？」

蓮さんにそう尋ねられ、ハッとする。

私……今、無意識のうちに、とんでもなくエッチなことを言っちゃったような……!?

「い、今のは……ンぅっ……！」

蓮さんの手が、しっとりと太腿《ふともも》を撫《な》でた。

「さっきから足を擦《こす》り合わせて、どうしたの？　濡れちゃった？」

「……っ……」

耳元で低くささやかれるとゾクゾクして、またお腹の奥が熱くなる。

どうして、バレちゃったんだろう。

私が答えるよりも早く、太腿《ふともも》を撫《な》でていた蓮さんの手が、私の恥ずかしい場所に伸びた。

「あっ……！」

彼の指が割れ目の中に潜《もぐ》り込んだ瞬間、クチュッとエッチな音が聞こえてくる。

「濡れてるだろうとは思ったけど、ここまでとは思わなかった。すごく感じてくれたって証拠だよね？　嬉しいな」

「……っ……そ、そんなに、濡れて……ますか？」

恥ずかしくて思わず両手で目を覆《おお》うものの、なにをされるのか気になって、指の隙間から覗《のぞ》いてしまう。

「ああ、ほら、聞こえるだろ？　処女じゃなかったら、すんなり入っちゃいそうなくらいだよ」

指を上下に動かされると、グチュグチュと粘着質《ねんちゃくしつ》な水音が聞こえてくる。

「んぅっ……ぁっ……んんっ……ひぅっ……！」

さっきから疼《うず》いていた敏感な粒を指の腹で擦《こす》られると、身体に電流を流されたんじゃないかと思うくらいの刺激と快感が走った。

耳年増《みみどしま》の私は、そこに触れられるのが気持ちいいということは知っていた。

でも、ほんの少し触れられただけで、こんなにも感じてしまうなんて……

「胸よりも、こっちを触られたほうが気持ちいいだろ？　……足を開いてごらん？　言うこと聞いてくれたら、もっと気持ちよくしてあげるよ」

私はご馳走《ちそう》を目の前にしたときみたいに、溢《あふ》れた唾液《だえき》をごくりと呑んでしまう。

お酒を呑んでいるせいか、欲求が少しも我慢できない。

恥ずかしいけど、でも気持ちよくなりたい――

ほんの少しだけ足を広げると、熱くなったそこにスゥッと冷たい空気が入り込んでくる。

「自分から開くってことは、俺に気持ちよくしてもらいたいって、思ってるってことだよね？　でも、もっと開いてくれないと、気持ちよくできないな」

「……っ……こ、こう……ですか？」

またほんの少し開くと、蓮さんがクスッと笑う。

「ううん、もっと。これくらい」

蓮さんは私の両膝に手をかけると、そのまま左右に大きく開いた。

「あっ……ま、待って……そんなことしたら見えちゃ……っ……ぅ……」

「うん、そうだよ。だって、見たいからね」

蓮さんの手によって、私の足は大きく広げられ、あられもない場所を晒《さら》すこととなった。ひんやりとした空気と、蓮さんの視線がそこを撫《な》でる。

「美乃里ちゃんのここ、とってもキレイだよ」

「……っ……や、だ……そ、そんな、とこ……っ……見ないで……」

「ごめんね。でも俺、もっと見たい。だから恥ずかしいのは我慢して。……ね？」

「そ、そんな……」

「恥ずかしいのを我慢できたら、ご褒美《ほうび》にたっぷり気持ちよくしてあげるよ。どう？」

たっぷり？　今よりも、もっと……？

そのワードに反応して、さっき撫《な》でられた敏感な粒が疼《うず》いてしまう。

「美乃里ちゃんの、ヒクヒクしてる。自分でもわかる？」

ふぅっと息を吹きかけられるとビクンと腰が跳ねて、余計に疼《うず》きが酷《ひど》くなる。

「ひぅ……！　や……い、息……かけたら……っ」

「ここに吹きかけられるの、辛かった？　ふふ、ごめんね？」

蓮さんは意地悪な笑みを浮かべると、私の足の間にキレイな顔を沈めていく。

気持ちよくするって、もしかして口と舌で……っ!?

「あっ……ま、待って……そんなと、こ……っ……ひぁ……っ⁉」

これ以上近付かれないようにと、彼の肩を押す。

けれど力が入っていないのか、まったく抵抗になっていない。蓮さんの柔らかな唇が敏感な場所にチュッと触れた。

するとその瞬間――そこから感電したように腰がガクガクと震えて、甘い刺激が襲ってきた。

指先が少し触れただけでものすごい刺激だったけど、それとは比べものにならないほど強い快感だった。

「んっ……ぁっ……や……ぁ……っ……お、おかしく……なっちゃ……んっ……ンう……ぁっ……あぁン……っ！」

胸の先端にされていたように、熱い舌でねっとりと舐《な》められると、頭の中が真っ白になる。

ただでさえ熱い身体の奥がさらに昂《たか》ぶって、膣口から愛液が洪水のように溢《あふ》れているのがわかった。

蓮さんは愛液をジュルジュルとエッチな音を立ててすすり、私の敏感な粒を飴玉《あめだま》でも味わうように舐《な》め上げていく。

「ね、美乃里ちゃん、どんな感じ？」

蓮さんは少しだけ顔を上げて、私に質問してくる。

頭が真っ白で、もうなにも考えられない。

身体は骨すら溶けてなくなったかと思うほど蕩《とろ》けていて、恥ずかしくても抵抗できない。

でも、その恥ずかしさすら興奮の材料になっているみたいで――……ああ、なんて気持ちいいんだろう。

甘い快感に翻弄《ほんろう》されていると、お腹の奥でなにかの塊《かたまり》ができていく感覚があった。

これは、なに……？

最初は小さかったのに、それはだんだん大きくなってお腹を押し上げているような気がした。

初めての感覚なのに、これをめいっぱい大きくすることができたら、すごく気持ちよくなれるはずだと、本能でわかる。

「美乃里ちゃん、どんな感じ？」

蓮さんは私の敏感な場所を指の腹でプリプリ転がしながら、もう一度尋ねてくる。私は息を荒くするだけで答えられない。

「……っ……ぁ……き、気持ち……い……っ……あっ……んんっ……蓮さん……気持ちいい……」

必死になって答えると、蓮さんの視線が熱くなる。

「……やべ、可愛《かわい》い……堪《たま》んねぇ……」

今まで聞いたことがないような、とびきり低い蓮さんの声に胸がドキドキした。

ふたたび恥ずかしい場所に顔を埋《うず》めた蓮さんが、敏感な粒にチュッと吸い付く。

「ん……っ……ぁ……あぁっ――！」

強く吸われたそのとき――お腹の中にあった塊《かたまり》が一気に大きくなって、身体を突き抜けて行った。

なにこれ……！

呼吸すら忘れるほどの快感が襲いかかってきて、私はビクビク身悶《みもだ》えながら大きな喘《あえ》ぎ声を上げた。

「美乃里ちゃんのイキ顔、すっごく可愛《かわい》い……」

これが噂の……「イク」ってヤツなの？

なんて恥ずかしくて、そして気持ちがいいんだろう……

絶頂の余韻《よいん》に浸《ひた》っていると、蓮さんの長い指が膣口をなぞる。

「ぁっ……」

「こっちも慣らしていかないと。美乃里ちゃん、力を抜いて？」

そう言われずとも、絶頂の余韻《よいん》で蕩《とろ》けている私は指に力を入れるのも難しい状態だ。

私の恥ずかしい場所に、蓮さんの中指が宛《あて》がわれると、ほんの少しだけ恐怖が走った。

あ……入ってくる……！　ん？　あれ？　けれど想像していたより痛くない。

ヒリヒリはするものの痛みがないから、恐怖心が緩んだらしい。

違和感はあるけれど、蓮さんの指が私のいやらしい場所に入っているのだと自覚したら、興奮で昂《たか》ぶってしまう。

「痛い？」

「ん……ぅ……だ、大丈夫……」

「よかった。でも俺のを入れたらきっと痛いと思うから、少しでも楽になるように、慣らしていこうか」

「な、らす……って、どうやって？」

「大丈夫。心配しないで、俺にまかせて？」

蓮さんはゆっくりと指を動かし始め、私の恥ずかしい場所を広げるように、時折回転を加えながら抽挿《ちゅうそう》を繰り返す。

「んんっ……はぅ……っ……ン……」

指を一本、受け入れているだけなのに、とてつもない圧迫感がある。

未知の感覚に戸惑っている私の様子を見ながら、蓮さんは指の抽挿《ちゅうそう》を繰り返す。

初めはゆっくり出入りしていた指だったけれど、それを何度も繰り返しているうちにだんだん激しい動きになっていった。

人間の身体って不思議……

そんな感想を抱いていたら、蓮さんがなにか言っているのが聞こえた。だけど頭がぼんやりして言葉を理解できない。

どうやら、もう一本指を入れると言っていたらしい。挿入する指の数を増やされ、ようやく言葉の意味を理解した。

「ン……っ……い、痛……っ」

「さすがに二本目はきつい、か……美乃里ちゃん、頑張って」

「……っ……こ、こんなの、頑張れな……っ……んっ」

「美乃里ちゃんの好きなところ、弄《いじ》ってあげるから……そうすれば少しは気が紛《まぎ》れるんじゃないかな？」

　わずかに感じた痛みに戸惑っていたら、蓮さんがふたたび敏感な粒を舌でなぞり始めた。

「ひぁ……っ」

　そこを弄《いじ》られると、徐々に痛みが遠ざかっていって、代わりに快感が訪れる。

「……っ……ン……っ……ぁ……はんっ……んっ……んぅ……っ……！」

　私が敏感な粒へ与えられる刺激に夢中になっている間、蓮さんは二本の指で私の中を広げていく。

　蓮さんの指が動くたびに、グチュッ……ヌポヌポ……グチュッとエッチな音が聞こえてくる。自分の身体からこんな音が出るなんて信じられない。

　恥ずかしいけれど、興奮してしまう。

「そろそろ、いい……かな？」

　蓮さんは指を引き抜くと同時に顔を上げ、中指と薬指にねっとりと付いた愛液を、蜂蜜《はちみつ》でも舐《な》めるように舌で拭《ぬぐ》い取る。

「れ、ん……さん……そんなの舐《な》めちゃ……汚……い……」

「ん？　汚くなんてないよ。美乃里ちゃんのだから。俺の愛撫《あいぶ》に感じて溢《あふ》れ出た美乃里ちゃんの愛液、とーっても美味《おい》しいよ。美乃里ちゃんにもおすそ分けしてあげようか」

「……っ……ン……ぅ……」

　蓮さんは私に覆《おお》い被《かぶ》さるとチュッと唇を吸い、舌を入れて深くキスしてくる。でも、さっきまで蓮さんが呑んでいたビールの味しかしない。

「ふふ、味はどう？」

「……ビールの味、です……」

「あはは、そっか。こんなに美味《おい》しいのに、味わわせてあげられなくて残念だな」

「そんなの、美味《おい》しいわけ……んんっ……」

蓮さんは私の唇をふたたび深く奪い、ねっとりと舌を絡ませてくる。

初めは受け入れることしかできなかったけれど、蓮さんの舌に誘《いざな》われ、自分で舌を動かすことを覚えた。そうすることでもっと気持ちよくなることに気付いて、夢中になって舌を動かす。

「キス、上手になってきたね」

耳にちゅ、ちゅ、とキスしながら、蓮さんはベッドの脇《わき》の小さな引き出しを開いた。なにをするのかと思えば、彼はそこからコンドームを出す。

蓮さんはコンドームを口に咥《くわ》えると、ボクサーパンツを脱いで自身を露《あら》わにした。

「……っ！」

瞳が潤《うる》んでいるせいか、視界がぼやけている。でも、彼のそれが生々しい色をしていて、とても大きいことだけはわかる。

今までにないくらい激しく脈打っている心臓が、一際《ひときわ》大きく跳ねた。

蓮さんは愛液が付いていないほうの手でコンドームのパッケージの端《はし》を掴《つか》み、歯を使って開く。

そして手慣れた様子で大きくなった自身に装着した。

私、とうとう、経験……しちゃうんだ。

高鳴る胸を手で押さえていると、準備を整えた蓮さんが私の膣口に自身を宛《あて》がう。

「ン……っ」

それだけで、とても巨大な存在感がある。

指を入れられたときでさえいっぱいになっていたのに、こんな大きなモノが入るのかな？

「緊張しなくて大丈夫だよ。ゆっくり入れていくからね」

「は、はい……」

蓮さんに腰を押し付けられると、膣口が目いっぱい広がってメリッと変な音が聞こえた気がした。

「――……っ!?」

目の前に、火花が飛び散ったみたいだった。……いや、打ち上げ花火が上がったみたいだった。……いやいやいや、ロケットが飛んだみたいだった。というか、い、い、痛い！

指なんかとは比べ物にならない。少し入れられただけなのに、今まで味わったことのない痛みが襲ってきて、声が出せなかった。

「やっぱり、痛いよね。ごめん……」

蓮さんはかすれた声でそう呟《つぶや》き、汗ばんだ額に張り付いた私の髪を払ってくれる。

「……っ……うぅ……」

ようやく出せたのは、痛みに苦しむうめき声だった。

蓮さんは手を私の胸に持っていって、右胸をふにゅふにゅと揉《も》みしだき始める。

「……ン……ぁ……っ……」

痛みの中に、ほんの……ほんの少しだけ、快感が戻ってきた。

尖《とが》った先端を指でつまんでくりくり転がされると、強張《こわば》っていた身体から自然と力が抜けていく。

「初めてのときから気持ちよくしてあげられたらいいのにな……俺はこんなに気持ちいいのに、不公平だ……」

蓮さんは少しずつ私の中を進んできて、そのたびに激しい痛みが走る。

お酒と痛みでぼんやりする頭の中で、昔のことを思い出していた。

あれは小学校低学年のとき。豪快に転んで膝を大きくすりむいたことがあった。

お母さんに消毒してもらったのだけど、『痛いから消毒液一気にかけないでよ!? 絶対だよ！絶対だからねっ！』と言ってゆっくりかけてもらったところ、一気にかけられるより痛かったのだ。

「蓮……さ……っ……一気に、入れ……て……」

「え？　でも……」

「おね、がい……そのほうが、痛く……なさ……そう、だから……」

蓮さんはやや迷った様子を見せたけれど、唇にチュッとキスして「わかった」と返事をくれた。

「じゃあ、行く、ね……？」

先を入れられたとき以上の痛みはもうないだろうと思っていた。でも、グッと突き入れられた瞬間、その考えは即改めさせられる。

「きゃ……っ……あぁ……！」

また、メリメリと、大きな音が聞こえた気がした。

内側から引き裂かれるような痛みに、潤《うる》んでいた目から涙がボロボロこぼれる。

「……っ……やっぱり、一気には……きつかった、よね……美乃里ちゃん、ごめん……」

蓮さんはなにも悪くない。一気にして欲しいと言ったのは、私なのに――

そう言いたくても、声が出ない。

出せたとしても「うう」とか「ひぃ」とか「ぁ……」とかで精一杯だ。

「でも俺、美乃里ちゃんの初めてがもらえて最高に嬉しい。……今まで守ってきたものを俺にくれて、ありがとう……」

すごく痛い。こんな痛み、二度とごめんだと思うくらい痛い。

でも――蓮さんが嬉しそうに笑ってギュッと抱きしめてくれた瞬間、彼が喜んでくれたのならこの痛みも悪くない……と思えた。

蓮さんはすぐに動き始めるかと思いきや、私を抱きしめたままジッとしている。

「れ、ん……さん？　動か……ないの？」

声を振り絞って尋ねると、チュッと唇を啄《ついば》まれた。

「ん……美乃里ちゃんの中に、俺のがもう少し、馴染《なじ》んでから……ね。……ごめん、早く終わらせて欲しいよな。でも、今動くと余計辛いはずだから、もう少しだけ我慢して……」

「わ、かり……ました……っ……」

「にしても、はー……入れてるだけでも気持ちいい……俺ばっかり気持ちよくなっちゃって、本当にごめんな」

お酒を呑んでも変わらなかった蓮さんの頬の色は、ほんの少しだけ赤くなっていて、切れ長の目は蕩《とろ》けそうに潤《うる》んでいた。

社交辞令じゃなくて、本当に気持ちよくなっているんだということが伝わってくる。

「あ、そうだ。俺の背中とか、お尻とかつねったり、爪で引《ひ》っ掻《か》いちゃったりして？」

「へ？」

つねる？　引《ひ》っ掻《か》く？　……なんで？

「……あっ！　違うよ？　痛みを与えられることで喜ぶ性癖《せいへき》はないからね？　ただ俺は、自分だけ痛くないのは不公平だし、美乃里ちゃんが痛い思いをした分、俺も少しは痛みを分かち合おうと思っただけで……」

少しだけ狼狽《ろうばい》する蓮さんが面白くて、思わず笑ってしまう。

そうすると中が動くみたいで、また痛みが走る。彼もわずかに目を細めた。

でもしばらくすると、この痛みにも慣れてきた。鋭《するど》い痛みから、鈍痛《どんつう》に変わってきているみたいだ。

「美乃里ちゃん、どう？　辛いの治まってきた？」

頷《うなず》くと、蓮さんがゆっくりと腰を使い始める。

「ン……うっ……い、痛っ……」

少し和《やわ》らいでいた痛みが、また戻ってきた。

「ごめん。今日はできるだけ、早く済ませるように、する……から」

蓮さんは私に極力痛みを与えないように、ゆっくり腰を動かしてくれた。

「んんっ……痛っ……は……んんっ……んっ……ぅっ……うぅ……んっ……んんっ……ぁ……んっ……！」

蓮さんが気遣ってくれているのはわかっているし、自分でも痛みを散らそうと歯を食いしばったりする。

でも、どう頑張っても逃れることができない。蓮さんのモノを奥まで埋《うず》められるたびに、どんなに口を閉じていても痛みを訴える声が漏《も》れてしまう。

「今はすごく痛いかもしれないけど、こうしているうちに俺のがだんだん馴染《なじ》んで、そのうちよくなるはずだから……」

こんなにも痛いのに、本当にそんなふうになるのだろうか。

でもみんな何回もしているんだから、その人たちはきっと痛みがないってことだよね？　じゃあ、私もそのうち……？

蓮さんの動きが、だんだん速くなっていく。

「――……っ……んんぅ……っ！　……ダ、ダメ……蓮さ……っ……痛……っ」

「ごめん、美乃里ちゃん……っ……もうすぐ、終わる……から……」

気が遠くなりそうなほどの痛みに耐えていると、蓮さんが苦しげな息をこぼし、私の中で彼のモノが大きく脈打った。

彼が動きを止めたことで、私はようやく終わりを迎えたのだと悟《さと》る。

蓮さんが自身の根元を押さえながらそれを引き抜いた瞬間、全身の毛穴から冷たい汗がドッと溢《あふ》れて、意識が遠のいていった。


「美乃里ちゃん、大丈夫？」

声をかけられ、意識が戻ってきた。

ぼんやりとした視界の中で、蓮さんが私の恥ずかしい場所を温かいタオルで拭《ぬぐ》ってくれているのが見える。わざわざホットタオルを作ってきてくれたらしい。

というか拭いてもらうなんて恥ずかしい。でも身体を起こすどころか、口を動かすことすら怠《だる》くてなにも言えない。

「喉渇《のどかわ》いただろ？　今、水持ってくるから」

「ふぁい……」

ようやく出せたのは、間抜けな声……

蓮さんはクスッと笑うと私にブランケットをかけて、お水を取りに行った。一人になると気が抜けるのか、また意識が遠のいていく。

ああ、ダメ……目を開けていられない。

「美乃里ちゃん、お待たせ……あっ……そっか、眠っちゃったか。そうだよな。あんだけ呑んだうえにセックスしたら、眠くなって当然だよな」

あれ？　誰か、喋《しゃべ》ってる……誰？

「……男が好きだなんて、嘘吐いてごめんな。でも、本当の俺を知ったら、美乃里ちゃんに警戒されると思って……」

蓮さん……？

なんだろう。なんか、謝ってる？

「ズルい男で本当にごめん……」

変な夢――

◆◇◆

初体験を終えてからというもの、私はほぼ毎日のように蓮さんと会っていた。

初エッチの後、どんな顔で会ったらいいか、どんなふうに話していいかわからなくて、少しだけ気まずかった。

蓮さんが普通に接してくれたものだから、すぐに気まずさからは解放されたけれど――まだすごく意識してしまう。

なんかしっくりこない。やっぱり一線を越えたから？　でも、理由はそれだけじゃないような気がする……というか、なんというか。

ちなみに会うたび……『夜』の練習……つまりエッチする流れになっている。というのも――

『初めての後は、立て続けでするといいんだよ。時間を置くと、また辛くなるかもしれないからね』

……と蓮さんが言うからだ。

二、三度目までは痛みを感じたし、挿入が怖かったけれど——最近は怖いどころか、楽しみにしてしまっている自分がいる。

みんな普通こんなにエッチするものなの？　と思うけれど嫌じゃないし、もし誰かに「おかしい」と指摘されたとしても拒《こば》めそうにない。自分で自分の気持ちがよくわからなかった。蓮さんのことは好きだけれど、それは女友達に対して抱く親愛の情みたいなもののはずだし、そもそも私は蓮さんの恋愛対象にはなりえないのに……どうして……？

蓮さんの仕事の時間は不規則で、昼に終わることもあれば、夜遅くに終わることもあるらしい。それでも蓮さんは上手くタイミングを合わせて、私に会いに来てくれている。

そんなある日の帰り道。蓮さんの仕事が少し早く終わったので、一緒に晩ご飯を食べに行くことになった。

「あら、美乃里ちゃん、疲れてる？」

「え、わかりますか？　昨日は夜遅くまで仕事しちゃって、ちょっとだけ疲れが取れてないかな～？　って感じです」

新しいネイルデザインを考え出したら楽しくて止まらなくなり、つい夜更《よふ》かししてしまったのだ。

「そういうときは、肉よ！　肉！　最近うちの近くに焼肉屋さんができたのよね。なかなか評判いいらしいし、よかったら行ってみない？」

「焼肉！　いいですね。元気が出そうですっ！」

男バージョンの蓮さんといるのは緊張するけど、女バージョンの蓮さんといるのは友達感覚で楽しいなぁ〜……

「あ、そうだわ。行く前に家へ寄ってもいいかしら？　ウィッグに焼肉の匂いが付くと、なかなか取れないから外して行きたいのよ〜。いいかしら？」

「もちろん大丈夫ですよ。ウィッグって結構取扱いが大変なんですね」

「そうなのよ〜……。ちょっとでも雑に扱うと、すぐダメになっちゃうの。気が抜けないわ〜」


蓮さんの自宅に寄った私は、ウィッグって大変なんだなぁくらいに考えながら、彼が用意を整えるのを待っていた。

「お待たせ。さ、行こっか」

ウィッグを取った蓮さんは、メイクを落としてメンズ服に着替えていた。

そっか、ウィッグを取るということは、女装を解《と》く……ということだ。つまりは男バージョンの蓮さんと、夕食デートということで……

どうしてだろう。すごく意識してしまって、視線をどこに置いて、なんの話をしていいかわからない。

焼肉屋に向かう途中、蓮さんに話しかけられても、ほとんどまともに返事ができなかったのだ。

「美乃里ちゃんって、ホルモン食べられる？」

「あ、はい」

「よかった。じゃあ、頼もうか。苦手な人もいるけど、俺は大好きなんだ〜。昔は食感が苦手で食べられなかったんだけど、大人になってから急に好きになってさ」

「そうなんですか」

焼肉屋に入ってからも、なにを注文するかくらいしか話せていない。いつもなら色々話が弾むのに……というか、今は私が会話を終わらせちゃう感じだ。

変に思われるかな？　というか、感じが悪いかな？

「あ、の……すみません。さっきから口数少なくて」

一通り注文した品が揃《そろ》ったところで、耐えきれなくて謝った。

「ん？　ああ、いいんだ。はは、なんかソワソワしてると思ったら、そのことを気にしてたんだ。疲れてるんだから当然だよ。むしろそんなときに会ってくれるのが嬉しいよ。ありがとう」

どこに置いていいかわからず彷徨《さまよ》わせていた視線を蓮さんに向けると、優しく微笑まれた。

「……っ」

その笑顔を見た瞬間、心臓が大きく跳ね上がって、苦しくなる。

なに、これ……

「疲れてるときこそ栄養があってガッツリしたものがいいんじゃないかな？　って思ったけど、あっさりして消化にいいもののほうがよかったかな？」

「い、いえ！　そんなことないです。あっさりより、ガッツリのほうが嬉しいです。えっと、私、焼きますねっ！」

トングに手を伸ばそうとしたら、私より先に蓮さんが掴《つか》む。

「ダメだよ。今日は美乃里ちゃん、疲れてるんだから、俺が焼くよ。口数なんて気にしないでいいから、モグモグ食べて。ね？」

「でも……」

申し訳なくてまたトングに手を伸ばすけど、蓮さんは渡してくれず、熱した網《あみ》に次々肉を置いていく。

「はい、どんどん焼いていくよ。タレの準備しておいてね」

ジュウジュウ肉が焼ける音と共に、私の心臓の音も響く。

「……っ……あ、ありがとうございます」

「ん？　顔赤くなってる。焼肉って顔熱くなるよね。もう少し冷房強めてもらおうか」

「あ、い、いえっ！　大丈夫です。これは、その……」

「うん？」

熱いからじゃなくて――……なんでだろう。

蓮さんは焼けた肉を次々と私のお皿に置いてくれる。

蓮さん、優しいなぁ……

彼の優しさに触れるたびに胸の中がポカポカして、でも、キュウッと切なくなる。

お腹いっぱい肉を食べた後、蓮さんは私を自宅マンションまで送ってくれた。

いつもはデートの後にどっちかの家に泊まってエッチする流れになるけど、今日もそうなるのかな……？

「じゃあ、おやすみ。今日は夜更《よふ》かしせずに、ゆっくり休んで」

「あ、えっと、はい……」

あれ？　今日は泊まらないんだ……

ちょっとしょんぼりしてる自分がいることに戸惑っていると、蓮さんがコンビニ袋を私の前に差し出した。

さっき蓮さんがガムを買いたいと言って、コンビニに寄ったのだけど――なんで私に渡すんだろう。

「あの？」

「さっきコンビニで入浴剤買ったんだ。疲れに効いてリラックスできるやつ。よかったら使って」

「……っ……あ、ありがとうございます」

蓮さんは私がマンションに入ったのを見届けると、踵《きびす》を返して歩いてきた道のりを戻っていく。

もしかして、私が疲れてるからって、気を遣って泊まらずに帰ったのかな……？

『泊まって行ってくれませんか？』

という言葉が、もう少しで飛び出すところだった。

私、もっと蓮さんと一緒にいたい……傍《そば》にいて欲しいって思ってる。

どうして……？

自分の気持ちに戸惑いながら、一人で家の玄関を開けた。

本当はシャワーで済ませるつもりだったけど、お湯を溜めて蓮さんがくれた入浴剤を使った。

気持ちをリラックスをさせ、安眠に効果があるラベンダーの香りだ。

でもその香りに包まれているとなぜか蓮さんのことを思い出して、ドキドキと胸の鼓動がうるさい。

どうしてだろう、私……

今まで一緒にいたのに、もう蓮さんに会いたいと思ってる。

——どうして……？

◆◇◆

今日は偶然、二人共仕事の終わる時間がほぼ同じで、私は明日が休日。しかも蓮さんの明日の仕事は、早朝から夜に変更になったそうだ。なので晩ご飯を外で済ませて、今日は私の家に泊まることとなった。

「蓮さん、やっぱり別々に入りません？　私、後で入りますし……」

「ダメよー。美乃里ちゃんのお家《うち》のバスタブ、追《お》い炊《だ》き機能がないじゃない？　美乃里ちゃんが入るころにはぬるくなっちゃうわ」

「私、ぬるくても大丈夫ですっ！」

「そんなの風邪引いちゃうからダーメ！　温かいお風呂でゆっくり温まらなくちゃ。それに美容のためにも、毎晩お湯には浸《つ》からないとね？　ほら、観念してこっちにいらっしゃい」

「ちょ、ちょっと待って下さい！　きゃっ！　じ、自分で脱げますっ！　だから脱がさないでっ……！」

知り合いから旅行のお土産に温泉の入浴剤をもらったと蓮さんに話したら、なぜか一緒に入ることになってしまったのだ。

結局二人でたっぷりと温まった後、蓮さんは自分のことをそっちのけにして私の髪を洗いはじめた。そして――

「……っ……蓮、さん……わ、私、自分で……んっ……ぁ……っ……ン……あ、洗える……からっ」

「自分でなんてつまんないだろ？」

ううう、ウィッグを取ってメイクを落とすと、男口調になるからますます色々意識してしまう。

「洗い合ったほうが、絶対楽しいよ。ほら、美乃里ちゃんの身体は、楽しいって言ってくれてる。鏡見てみて？」

蓮さんは曇《くも》っていた洗い場の鏡にお湯をかけ、私に見るよう促《うなが》す。

鏡に映った自分は、とんでもない状態だった。

バスチェアに座る蓮さんの腿《もも》に座らされた私は、うしろから伸びる蓮さんの手によって洗い上げられている。

ボディソープの泡をたっぷりまとった蓮さんの手は、胸を揉《も》むたびにヌルンと滑《すべ》って、そのたびに私は焦《じ》れったい刺激を味わわされていた。

鏡に映る私は、蓮さんの手で胸を弄《いじ》られながら蕩《とろ》けそうな表情をしていた。

胸に付いていた泡が垂《た》れると、興奮で尖《とが》り、いつもより濃い色をした先端が見える。

恥ずかしいのに、目が離せない。

「喜んでたでしょ？」

「……っ……そ、それは……ひぅっ……んんっ……！」

指と指の間に尖《とが》った先端を挟まれ、上下に揺さぶるように揉《も》みしだかれると、甘い刺激が身体の中を走っていく。

割れ目の間にある敏感な粒がムズムズ疼《うず》き出して、こちらにも刺激が欲しいとおねだりしているみたいだ。

「バスルームの中だと、結構声が響くね」

「も……蓮さ……ぁんっ……！」

蓮さんの指が割れ目の間に潜《もぐ》り込んできて、ゆっくりと上下に動く。

「こっちもちゃんと洗わないと、ね？」

恥ずかしい場所から、クチュクチュと音が聞こえてくる。

それと同時に、頭が真っ白になりそうなほどの甘い刺激が襲いかかってきて、大きな喘《あえ》ぎ声が出てしまう。

「ぁっ……はぅっ……んん……ぁっ……んんっ……ひぅっ……れ、蓮さ……っ……そこ、ばっかり……されたら……ぁんっ……」

「イッちゃいそう？」

うしろから耳元でささやかれると、肌がぶるっと震えた。

「……っ……き、聞かないで、下さい……」

身悶《みもだ》えすると、お尻に蓮さんの硬くなったモノが当たって、お腹の奥が激しく疼《うず》く。

「それとも、こっちが欲しくなっちゃった？」

蓮さんが腰を動かすと、硬くなったモノがお尻の割れ目にゴリゴリ当たって、ますますお腹の奥が熱くなる。

「どっちがいい？　教えてよ」

「そ、そんなの、言えな……っ……ひぁっ……!?」

敏感な粒を指の腹でくりっと押されると、理性が飛んでいきそうになる。

「……ね、教えて？」

もう、ダメ……

「……っ……両方……して欲し……っ……」

我慢できなくなった私は、ついに恥ずかしいお願いを口にする。鏡越しに蓮さんが満足そうに笑うのが見えた。

「ふふ、よくできました。でも、ゴムがないから、ここでは入れられないね。代わりに……こうしよっか」

「え？　あっ……」

蓮さんに立ち上がらせられた私は、彼に導《みちび》かれてバスルームの壁に手を突く。

な、なに？

戸惑っているとうしろから腰を掴《つか》まれ、お尻を突きだすような格好にさせられた。

「そのままでいてね」

「な、なんでこんな格好……ひゃっ……!?」

蓮さんがうしろから覆《おお》い被《かぶ》さってきて、膨《ふく》れ上がった自身をうしろから私の割れ目に挟み込んだ。

「……っ……ま、待って、アレがないから、今できないって……」

「そうだよ。だから、入れないで挟んで擦《こす》るだけ……そうすれば、二人共気持ちよくなれるだろ？　ほら……」

蓮さんが腰を使い始めると、彼の大きなモノに敏感な粒が擦《こす》れて甘い刺激が生まれた。

「ぁっ……!?」

「ほら、ね？　入れてないけど、してるみたいに感じない？」

ボディソープと愛液が、蓮さんの欲望によってヌチュヌチュと掻《か》き混ぜられる。お尻に蓮さんの身体がぶつかる音が聞こえて、本当に入れられているみたいだ。

「んっ……ぁ……っ……ひぁっ……んんっ……」

割れ目の間で蓮さんのモノが往復するたび、ただでさえ大きかった欲望がもっと膨《ふく》らんでいくのがわかる。

「んっ……ぁっ……ダ、メ……」

「ダメだ。止まらない。美乃里ちゃんって、中だけじゃなくて、全身気持ちいいところだらけだ……」

蓮さんは私の割れ目の間を自身で擦《こす》り、うしろから私の胸を揉《も》みしだいてくる。

ピストンされるたびに胸が上下に揺れて、揉《も》まれるというよりも、自分から擦《こす》り付けているようになっていた。

「ぁんっ！　あっ……んんっ……はぁ……れ、蓮さ……っ……ぁっ……ひぁっ……」

気持ちいいけど、でも、奥が「ズルい！」と怒っているように激しく疼《うず》く。

最初はあれほど痛かったのに、今はこんなにもここへ受け入れたいと切望するようになるなんて。

人間の身体は本当に不思議だ。

与えられ続ける激しく甘い刺激に、絶頂の前兆が訪れて膝がガクガクと震えてきた。

蓮さんが胸を揉《も》みながら支えてくれているからなんとか立っていられるけれど、その手を離されたらすぐに膝から崩れ落ちそうだ。

「ン……ぅ……れ、蓮さん、私……」

「イキそう？　じゃあ、激しくしてあげるよ」

蓮さんはうしろから私の耳にチュッとキスを落とすと、腰遣いを激しくする。

「んっ……ぁ……あぁっ……！　んっ……はぁ……んんっ……あんっ……ひぅっ……！　あっ……んん――……っ……」

胸の先端をキュッとつままれたのと同時に、興奮で膨《ふく》れ上がった敏感な粒が、欲望のくびれに引っかかって絶頂へ押し上げられた。

「気持ちよかった？　ふふ、耳まで真っ赤」

『気持ちよかったです』と口に出すのは恥ずかしくて、私はただ頷《うなず》いた。

「じゃあ、次は俺の番……もう少し、付き合ってね？」

蓮さんはより激しく腰を動かし始めた。

「ひぁっ……!?　ぁっ……あっ……ダ、ダメ……今、動いちゃ……んっ……あっ……ふぁっ……」

「イッたばっかりで辛いよね。でも、もう少しだけ頑張って」

達したばかりの身体は敏感になっていて、与えられる刺激をより強く感じ、身体がビクビク跳ねてしまう。

濡れた首筋や背中に、蓮さんの熱い息がかかる。

私の身体はそんなわずかな刺激ですら感じてしまい、愛液を溢《あふ》れさせていた。

やがて蓮さんは私の割れ目の間で絶頂を迎え、桜の香りで満たされていたバスルームに、淫靡《いんび》な香りを混じらせた。

ボディソープと私の愛液と蓮さんので、割れ目がヌルヌルだ。

蓮さんの出したモノはとても熱くて、欲望を引き抜かれた後も熱さを感じ、敏感な粒がヒクヒク疼《うず》いてしまう。

「あーあ、せっかく洗ったのに、俺のせいでまた汚しちゃった。キレイにしないとね……」

蓮さんは私を支えながらシャワーの蛇口《じゃぐち》をひねり、割れ目にかけた。

「ふぁ……っ!?」

自分で洗えると言おうとしたのに、シャワーの水圧でまたイッてしまい、結局は蓮さんにすべてを洗われることとなった。

◆◇◆

『お風呂から上がったら、続きをしようか。俺もすぐに行くから、ベッドで待ってて』

と言われた私は、絶頂の余韻《よいん》を引きずりながら髪を乾かし、よろよろとベッドに腰をかける。割れ目の間にまだ蓮さんの硬いモノが挟まっているみたいだ。

「ン……」

敏感な粒がジンジンして、洗ったばかりだというのにもう潤《うる》み出している。

初体験のときは酔っぱらってたからなんの疑問も抱いていなかったけれど、あれからシラフになった私は不思議に思っていた。

蓮さんはどうして私を抱けるの？

というか、どうして女性の私が相手なのに勃《た》つの？

器用だから抱ける……と言ってたような気がするけど、そういう問題？

「うーん……」

気になるなら聞けばいいんだけど、なぜか聞けないままでいた。……どうしてだろう。

うつぶせになって唸《うな》っていると、テーブルの上に置きっぱなしになっていた蓮さんのスマホが鳴った。

「わっ！」

音に驚いて飛び起きると、画面に『新着メッセージ：風間翔太』と出ているのが見えた。

蓮さんといると、必ずといっていいほど風間くんから連絡が来ている。

仕事の仲間っていっても、こんな頻繁《ひんぱん》に連絡を取るもの？

しかも仕事の連絡じゃなくて、飲みに行こうであったり、今どうしているかというものだったりするらしい。

あ、怪しい……

もしかして、風間くんが蓮さんの好きな人？　彼のために完璧な女になろうとしてるの？

だとしたら、そんな努力しなくても、向こうもその気なんじゃ……。だってこんな頻繁《ひんぱん》に連絡が来るんだもん。

胸の奥が、苦しくなる。

なんだろう。この気持ち……

将来蓮さんが私と別れて、風間くんと付き合うって想像したらモヤモヤする。

初めは脅《おど》されたし、次の恋愛へ繋げるために……と付き合い始めたけれど、私……もしかして蓮さんと別れたくないって思ってる？

蓮さんと初デートするまでは、正直に言うと本当にこれでよかったのか……と、自分の選択を後悔することもあったのに、どうして……？

蓮さんとすごす時間が増えていくごとに、私の中で蓮さんの存在が大きくなっていくのを感じる。

蓮さんと、もっと一緒にいたい。

大切な友達……という意味で？

ううん、しっくりこない。

それとも――

「お待たせ。美乃里ちゃん、ちゃんと水分補給した？」

ぼんやりしていると、冷たいミネラルウォーターのペットボトルを頬にひたりと付けられた。

「ひぇっ⁉」

「あはは、いい反応。飲む？」

「い、いただきます……」

ペットボトルを受け取って、冷たい水を渇《かわ》いた喉《のど》に流し込む。

蓮さんは私がある程度飲んで一息ついたのを見ると、そのペットボトルを受け取り、自身の喉《のど》にも流し込んだ。

「あっ……」

「んん？　どうかした？」

間接キス……！

「い、え……なんでもないです」

思えば男性と飲み物を回し飲みするなんて、初めてかも……

何度もキスをしてるし、その先のこともしているんだけど、やっぱり意識してしまう。

ペットボトルの飲み口をチラチラ見ていたら、蓮さんは私の考えていたことに気付いたらしい。

「ふふ、もしかして間接キスしちゃった～……とか可愛《かわい》いこと、考えてる？」

「い、いえ、そういうわけでは……」

こんな歳になって間接キスを意識するなんて、幼すぎると思われそうで、咄嗟《とっさ》に嘘を吐いた。しかし蓮さんには通じないらしい。

「そうなんだ？　ふーん、へぇ？」

「もう、バカにしないで下さいよ……」

「バカにしてなんてないよ。本当に可愛《かわい》いと思ったから言っただけ」

蓮さんはペットボトルをテーブルに置いて、私の唇を奪った。蓋《ふた》が足元に転がるのもお構いなしに、深く貪《むさぼ》ってくる。

「ん……っ……ふ……んんっ……」

冷たい水を飲んだから、舌がちょっとひんやりしている。

きっと私の舌もそうなのだろう。でも絡め合っているうちに温かくなって、やがて熱くなっていく。

「こんなことまでしてるのに、間接キスで照れちゃうなんて可愛《かわい》いね。美乃里ちゃんって照れ屋なんだ」

蓮さんの手が、ショートパンツとショーツの中に潜《もぐ》り込んでくる。割れ目の間をなぞられると、くちゅっとエッチな音が聞こえた。

「ぁ……っ……」

「今のキスだけで濡れるにしては早いし……さっきの余韻《よいん》がまだ残ってた？　それとも俺がくるのが待ちきれなくて、一人でしちゃった？」

「一人って……」

「うん？　それはもちろんオナ……」

「そんなわけないじゃないですか……っ！　もう……んっ……ぁ……ン……」

とんでもない誤解をされてしまっていることに焦り、蓮さんが話すのを遮《さえぎ》って否定する。すると蓮さんも話すのを邪魔《じゃま》された仕返しだというように、指を上下に動かした。

上下する指に敏感な粒が擦《こす》れて、甘い刺激が生まれる。息を乱す私を見て、蓮さんがニヤリと口の端《はし》を吊り上げた。

「ふふ、冗談だよ。ただ美乃里ちゃんが可愛《かわい》いから、からかいたくなっただけ……美乃里ちゃんって、感じやすぃよね」

「そ、そんなこと言われても、わかんない、です……」

「わかるよ。少し弄《いじ》っただけなのに、もっと溢《あふ》れてきた。ほら……」

膣口に蓮さんの中指が宛《あて》がわれたと思ったら、ヌプッと中に入ってきた。

「ぁ……ン……！」

「ね？　たっぷり濡れてるから、指があっさり入っちゃったよ」

「……ン……ぅ……も……蓮さん……っ！　ぁ……んんっ……はぅっ……」

蓮さんの指が、私の中でヌチュヌチュ動く。彼は触れられると反応してしまう敏感な場所にも指を宛《あて》がうと、そこを小刻みに刺激する。

「ぁ……っ……ダ、ダメ……そこ……」

蓮さんはわざと外れた場所に指を移動させて押しながら、「本当にダメなの？」と意地悪な質問をしてくる。

「も……蓮、さん……ぁ……んんっ……」

「美乃里ちゃんの『ダメ』は『イイ』って意味だもんな」

「そ、そういうこと、言っちゃ……やだ……っ……ぁ、んっ……んんっ」

「ふふ、ごめん、ごめん。お詫びに、イイところ、いっぱい押してあげるよ」

わざと外れたところを触っていた指が、ふたたび弱い場所を狙って押してくる。

「ぁんっ……！　蓮さん、待って……さっき、スマホ……鳴ってました、よ？」

「んー……？　いいよ。今は美乃里ちゃんとイチャイチャするのが大事だから」

「……っ……」

その言葉に、胸の中がキュンとしてしまう。

どうして私、喜んじゃうの……？

「……あ、もしかして今、キュンとしてくれた？　指、すっごく締め付けられたよ。こっちの口は正直なんだ？　嬉しいから、こっちにもキスしちゃおうかな」

指を引き抜いた蓮さんは私を組み敷き、ショートパンツごとショーツを脱がした。

「キ、キスって……ぁっ……！」

蓮さんは私の足を大きく広げ、割れ目に舌を使ったキスをし始める。

「上の唇と下の唇、どっちにキスされるほうが好き？」

「ン……ぁ……っ……な、なんて質問、してくるんですかっ……ひぁっ……ん……っ……ぁっ……あぁっ……！」

舌は飴《あめ》を舐《な》めるように敏感な粒をチュパチュパとしゃぶり、ついさっきまで指を咥《くわ》えこんでいた膣口をなぞった。

連絡をよこしてきたのが風間くんだって伝えても、私とイチャイチャすることを優先してくれたのかな……？

ぼんやりする頭の中で、そんなことを考えてしまう。

モヤモヤする――まるで胸の中で台風が生まれたみたいだ。

意地悪な蓮さんは私の羞恥心《しゅうちしん》を煽《あお》るためなのか、わざと大きな音を立てながらそれをすすり、舌でヌポヌポとピストンしてくる。

「ぁっ……ぁんっ……は……んっ……し、舌……入れちゃ……っ……ぁっ……はぅっ……んんっ……！」

お腹の奥が沸騰《ふっとう》してるみたいに熱くて、愛液がどんどん溢《あふ》れてきた。

舌を窄《すぼ》めて膣口に入れられると、肌がゾクゾクと粟立《あわだ》つ。

「ふぁ……っ⁉」

どうしよう、声……全然我慢できない。

膨《ふく》れた敏感な粒を指で転がされると、さっきイッたばかりの身体はあっという間に絶頂へ押し上げられてしまった。

「ん……ぁっ……ン――……っ！」

一際《ひときわ》大きな声が出そうになり、咄嗟《とっさ》に両手で口を押さえて事なきを得た。

絶頂の余韻《よいん》に蕩《とろ》けていると、足の間から顔を上げた蓮さんが満足そうに私を見下ろしている。

「美乃里ちゃんのイッた声、聞きたかったのにな。いつも抑えるよね。どうして？」

「どうしてって……だって、恥ずかしいじゃないですか……」

「へえ、そうなんだ。また一つ、女の子のこと知れちゃった。ね、もっと教えてよ」

蓮さんが覆《おお》い被《かぶ》さってきて、唇で耳を食《は》んだ。

「……っ……蓮さん、本当に女性のこと、わからないんですか？」

「ん？　どういう意味？」

「知らないっておきながら、随分《ずいぶん》と女性に詳しいというか……」

「……そう？」

「そうですよ。だって初体験の後は、間を空けないでしたほうが慣れていい……とか言うし、女の子が触られて喜ぶところ、知っているし、これ以上知る必要がないような……」

「そ、そうかな？」

「……蓮さん、女の人と付き合ったことないっていうの、本当ですか？　もしかして付き合ったことがあるんじゃ……」

絶頂の余韻《よいん》に痺《しび》れながらも恐る恐る尋ねてみると、蓮さんはニッコリと微笑む。

余裕があって、落ち着きのある笑顔だ。嘘を吐いているようには見えない。

「あっはは～……や、やだな～。そんなわけないでしょ？」

やっぱり蓮さんは、女性には興味ないんだ……

ということは、私に興味を持ってくれる可能性は、ないわけで……ってなに考えてるんだろう。

どうしてこんなに、ガッカリしてるんだろう。

説明のしようがない感情が心と身体を支配する。私は目の前にある蓮さんの顔じゃなくて、彼の顔のうしろにある見慣れた天井を見つめていた。

「ね、美乃里ちゃん。俺のも、して？」

「へ？　あ……っ」

なにをして欲しいのか尋ねる前に、蓮さんは私の手を取り、スウェットの上から欲望を握らせた。

さっきお風呂でイッたばかりなのに、蓮さんのはもう半分ほど勃《た》っている。

「美乃里ちゃんの可愛《かわい》いお口と手で、もっと大きくしてよ」

「く、口っ……？」

それって、フェラして欲しいってこと？

「口でするのは、抵抗ある？」

「いえ、そういうわけじゃ……でも私、上手くできるかわかんないですよ？」

「大丈夫、俺が教えてあげるよ。男は絶対これされたら喜ぶから。いつかできる彼もきっと大喜びだと思うよ」

いつかできる彼……という言葉に、胸の中がチクンと痛む。

どうしてだろう。

ついこの間まではそう言われてもなんとも思わなかった。だけど今は、蓮さんと私は別れることを前提に付き合っていると強調されたみたいで、なんだか辛い。

「美乃里ちゃん、どうしたの？　やっぱりやだ？」

「い、いえ、そういうのじゃなくて……なんでもないです」

「じゃあ、ベッドから下りて、俺の足の間に座って？」

頷《うなず》いて言われた通りにしようとしたら、蓮さんが「その前に」と私のシャツのボタンをすべて開いた。

寝る前だからと迷いながらも、結局は付けたブラのホックを外され、緩んだカップをずり下げられた。

シャツとブラは身に着けている……というより引っかかっているだけとなり、胸が露《あら》わになる。

「なっ……なんでこんな格好？」

「このほうが、視覚的に楽しいでしょ？」

「恥ずかしいだけですよ……」

隠そうとするものの、蓮さんはそれを許してくれない。

「恥ずかしがる美乃里ちゃんを見るのが楽しいんだよ」

蓮さん、S《エス》だ……っ！

私が蓮さんの足の間に座ると、彼は穿《は》いていたスウェットのズボンを足首までずり下げた。真ん中が盛り上がっていて、心臓が大きく脈打つ。

思わず固まっていると、蓮さんが私の耳元に唇を近付けてくる。

「じゃあ、美乃里ちゃん。俺のを取り出して？」

「……っ！」

少し甘えた口調でお願いされた途端、なぜかお腹の奥がゾクゾク震えた。

蓮さんが女装を解《と》いてこういう喋《しゃべ》り方をすると、私は彼を男性として意識してしまう。

もし蓮さんの恋愛対象が女の人だったなら、本当の意味で私を彼女にしてくれる可能性はあったのかな……

「美乃里ちゃん？」

「へ？　あっ……えっと、大丈夫……です」

私、なにを考えてるんだろう。

恐る恐るボクサーパンツのゴムの部分に、指をかけてみる。

蓮さんと経験を重ねているわけだけど、こうして間近でまじまじと見るのは初めてだ。

き、緊張する……

でも、いつまでも指をかけたまま黙っているわけにはいかない。

意を決してクイッと引っ張ってみると、半分どころかもうＭＡＸまで大きくなっていた欲望が飛び出した。

「うひゃっ!?」

こんなに大きかったの!?

赤黒い色をしていて、想像よりもうんと大きい。

初体験のとき、道理で痛かったわけだ。指とは比べ物にならない。そして逆に今は、平気でこの大きさを受け入れられていることに驚愕《きょうがく》する。

「あはは、驚きすぎだよ。お化け屋敷でお化け役と鉢合《はちあ》わせになったときみたいだ」

「す、すみません。でも、こうしてまじまじと見るのって初めてだから……」

「怖くなっちゃった？」

「いえ、怖くないです。でも、なんか不思議な感じ……というか。うん、不思議です」

ついじっと見ていたら、蓮さんがクスッと笑う。

そこでようやく見すぎていたことに気付いて視線を逸《そ》らすと、彼の手が私の頬を撫《な》でた。

「遠慮せずに、じっくり見てくれていいよ？　ちょっと照れくさいけど、興奮するし」

「へ？　興奮……っ⁉」

「うん、美乃里ちゃんに恥ずかしいところを見られると、スゲー興奮する。美乃里ちゃんも俺に見られたとき、こんなふうに興奮してた？」

「そ、そんなわけ……」

蓮さんに見られるときは、すごく恥ずかしい。でも同時に、すごくドキドキしていた。

図星を突かれ、心臓が大きく跳ね上がる。

「本当に？」

蓮さんの手が、慌てて取《と》り繕《つくろ》おうとする私のシャツの隙間に潜《もぐ》り込んできて胸に触れた。

「ン……っ……」

指先で乳輪を少し擦《こす》られるだけで先端がツンと尖《とが》り、息が乱れる。

いつもは優しいのに、こういうことをしてるときの蓮さんはちょっとだけ意地悪だ。

しかもメイクを落とした後は、意地悪度が増しているような……？

「……っ……ほ、本当に……ぁんっ……！」

キュッとつままれると、あまりに強い刺激が走って、蓮さんの膝に両手を突いて、彼の足の間に倒れこんだ。するど頬になにかがくっついているのに気付いた。

なに……？

とても熱くて、しっとりしてる。

自然と閉じていた目を開くと、彼の欲望がすぐ近くにある。頬に当たったのは、蓮さんのだったらしい。

「ン……」

蓮さんが身体を揺らして、わずかに息を乱すのが聞こえた。

「嘘！　ご、ごめんなさい！　痛かったですか!?」

「ううん、大丈夫。それより、美乃里ちゃん……竿《さお》を手で軽く握ってくれる？　支えるみたいな感じで」

身体を起こして、ドキドキしながらもそっと握ってみる。

握ると親指とどの指もくっつかない。指の先に結構隙間が開いてしまったけれど、これでいいのだろうか。

「こ、これで、大丈夫、ですか？」

「うん、大丈夫。じゃあ、根元から上に向かって舐《な》めてくれる？　ソフトクリームを食べるみたいなイメージで」

私は頬を熱くしながらコクリと頷《うなず》き、そっと顔を近付ける。

おひとりさま人生を送ろうとしていた私が、まさかフェラを体験することになるとは……！

人生なにが起きるか、本当にわからないものだ。

恐る恐る舌を近付け、味見するように根元をチロリと舐《な》めてみるけれど、味はしないようだ。

言われた通りに舌を動かしてみると、舌にエッチな感触が伝わってくる。

私の恥ずかしい場所を舐《な》めてるとき、蓮さんの舌にもこんな感触が伝わっているのかな？　それとも、もっと別の感触なのかな？

「ン……ぅ……」

夢中になって舌を動かしていると、舐《な》める場所によって蓮さんの反応が違うことに気付いた。舌が先に当たると、彼がわずかに息を乱すのだ。

舐《な》めているうちに気持ちが大きくなって、最初は恐る恐るだった舌の動きが大胆になる。

上下に舌をペロペロ動かし続けていると、やっぱり先を舐《な》めるときが一番反応してくれるように思う。

「……ん……美乃里ちゃん、上手だよ」

蓮さんは頬を少しだけ赤くしながら、小さな子供を褒《ほ》めるように私の髪を撫《な》でてくれた。地肌に指の熱が伝わってきて、肌がゾクゾク粟立《あわだ》つ。

「美乃里ちゃん、歯を立てないように咥《くわ》えられる？　全部じゃなくて、入るところまででいいから……」

言われた通りに口の中に入れるものの、半分をすぎたくらいで喉《のど》の奥まで来る。思わず嘔吐《えず》いてしまい、蓮さんの欲望から口を離した。

「うっ……ケホッ！　ケホケホッ……」

「大丈夫？　本当にできるところまでで大丈夫だよ」

咳《せき》が落ち着いてから、喉《のど》に当てないように恐る恐る欲望を口の中に入れていく。

「ン……そう、上手だよ」

耳にかけていた髪が落っこちてきた。蓮さんはそれをそっとかけ直してくれる。

「……っ……ん……！」

蓮さんの指先が耳に当たると、くすぐったくてピクッと身体が動いてしまう。唇が自然と窄《すぼ》まったみたいで、彼が小さく声を漏《も》らした。

や、やっちゃった。痛かったのかな……？

「今のヤバい……気持ちいい」

へ……？

「美乃里ちゃん、今みたいに口を窄《すぼ》めて、吸い込みながら上下にしゃぶれる？」

「……んぅ……っ……んっ……」

言われた通りにやってみたら、蓮さんの息が乱れる。拙《つたな》い動きではあるけれど、気持ちよくできているのだろうか。

チラリと見上げると、頬を紅潮《こうちょう》させて気持ちよさそうに息を乱す蓮さんと目が合った。

「……っ……気持ちいいよ……それにその表情、堪《たま》んねぇ……」

低くかすれた声に鼓膜《こまく》を震わされる。熱を孕《はら》んだ瞳と目が合うとゾクゾクして、お腹の奥が激しく疼《うず》き出す。

どうしてだろう。

私はなにもされてないのに、蓮さんの気持ちよさそうな声を聞いたら……蓮さんのエッチなところを舐《な》めてるって考えたら……お腹の奥が疼《うず》いて、どんどん濡れてくる。

そうして舐《な》め続けていると、さっきまではなにも味がしなかったのに、ちょっぴり苦くて、しょっぱい味がしてきた。

それに、舐《な》める前から大きくなっていたはずの蓮さんのモノが、さらに張りつめているように感じる。今にも破裂しちゃいそうなくらいに、パンパンだ。

ちょっと……ううん、結構顎《あご》が痛くなってきた……

「美乃里ちゃん、ありがとう。もう、大丈夫」

「ぷ……はっ……いいんですか？」

もしや顎《あご》が疲れてきたのを見抜かれたのだろうか。もしそれで気を遣わせたのだったら、蓮さんが気持ちよくなってくれているし、もっと頑張りたい。

「うん、最高に気持ちよかった。ありがとと。でも、よすぎてもう出ちゃいそうだから、美乃里ちゃんと一緒に気持ちよくなりたいと思って。……ね、こっちにおいで」

蓮さんに手を引かれ、私はふたたびベッドに寝そべった。彼はポケットに忍《しの》ばせていたコンドームで準備を済ませると、私の上に覆《おお》い被《かぶ》さってくる。

「お待たせ」

蓮さんは私の片足を持ち上げ、たっぷりと濡れた膣口に自身を宛《あて》がった。

「……っ……ン……」

それだけで、身体が期待してゾクゾクしてしまう。

「あれ？　なんか、さっきよりも濡れてるね」

「あ……っ」

き、気付かれちゃった。

「もしかして、フェラで興奮した？」

「ち、違……ン……」

恥ずかしくて咄嗟《とっさ》に誤魔化《ごまか》そうとしたら、シャツの間に蓮さんの手が入ってきて、ふにゅふにゅと胸を揉《も》まれた。尖《とが》った先端が手の平で擦《こす》られ、甘い刺激が襲いかかってくる。

「本当に違う？」

「……っ……もう、蓮さんの意地悪……！」

「俺のをフェラしていっぱい濡れちゃった美乃里ちゃん。入れるね？」

「もう……っ！　いちいちそういうこと言わないで下さっ……ひあっ……!?」

一気に奥まで入れられ、肌がブワッと粟立《あわだ》つ。

初めてのときはあんなに痛かったのに、今では中が満たされるのがよくて堪《たま》らない。

少しでも動かれたら、イッちゃいそうだ。

「美乃里ちゃんの中、ヌルヌルで温かくて、今日も最高に気持ちいい……もー……堪《たま》んね。ガッツリ激しくしていい？」

「……っ……あ……ま、待って……」

制止する声も聞かず、蓮さんは一息に自身を突き入れてきた。

「一気に入れちゃったから、痛かった？　ごめんね。もう慣れてきただろうし、こうするのも気持ちいいかなーって思ったんだけど……」

「そ、う……じゃなくて……っ……ン……ぁ……っ……ちょ、ちょっとだけ、待って……下さ……」

蓮さんはゆっくりと腰を遣いながら尋ねてくる。

う、動いちゃダメ……！

「ん？　……あ、もしかしてイキそう？　中、締まってきてるよ」

よかった。気付いてもらえた。

こんな初めにイッちゃうと、蓮さんがイクまでもたない。

イッた後に腰を振られると、辛いくらいの刺激がやってきて、頭がおかしくなりそうなのだ。

辛いと言っても痛いとか、そういうのじゃなくて、どちらかと言えば好き……な部類に入るのだけれど、自分が自分じゃなくなりそうで、そんな姿を蓮さんに見られるのは恥ずかしい……

頷《うなず》いて、少しだけ待って欲しいと告げたら、蓮さんは激しく動き始めた。

「あ……っ!?　や……っ……蓮、さん……っ……なんでっ……」

「だって美乃里ちゃんのこと、イカせたい。痛くないなら、動いちゃうよ」

「そんな……っ……あっ……──……っ……ん……ぁ……っ……！」

激しく打ちつけられたら、当然我慢できるはずもなく──私は盛大にイッてしまった。

「……っ……ン……ふふ、すごいビクビクしてる。イッてくれて嬉しいよ。俺がイクまで、何回イケるかな？」

蓮さんが激しく腰を振ってくる。

イッたばかりでまだ痙攣《けいれん》している中を擦《こす》られると、やっぱり頭がおかしくなりそうだ。

しかも彼は私の弱い場所ばかりを突いてくるものだから、激しい刺激が襲ってくる。

いつもなら極力抑えている声をまったく我慢できなくなって、大きな声が出てしまう。

「あン……っ！　あっ……ぁんっ……ふぁっ……あっ……あっ……！」

「ああ、いい声……我慢してるのも可愛《かわい》いけど、我慢できずに喘《あえ》いじゃう美乃里ちゃんも、最高に可愛《かわい》い……」

イッたことでまた溢《あふ》れ出してきた愛液が、蓮さんので掻《か》き出されてお尻まで垂《た》れてくる。

グチュグチュと掻《か》き混ぜられる音や、肌と肌のぶつかる音が、私の興奮をなおのこと煽《あお》っていた。

『健全』という言葉がピッタリだった自分の部屋に、まさかこんないやらしい音が響くなんていまだに信じられない。

「ぁうっ……ン……あっ……あっ……はんっ……あっ……あっ……あぁっ……」

「はー……美乃里ちゃんの中、本当に最高だよ……俺のに、ねっとり絡み付いてきてる……さっきしゃぶって気持ちよくしてもらったし、あんまり長くもたないかも……」

お風呂に入ったばかりなのに、二人とも汗だくだ。

「美乃里ちゃんの好きなとこ、いっぱい突いてあげるよ。ここ、好きだよね？」

弱い場所をぐりぐり擦《こす》られると、瞼《まぶた》の裏にバチバチ激しい火花が見えるみたいだ。

「ンぁ！　き、気持ちい……っ……ぁっ……あんっ！　は……んっ……ン……ぁっ……も……ダメっ……」

今イッたばかりなのにまたお腹の奥に快感の塊《かたまり》が生まれ、私はあっという間にイッてしまう。

「――……っ……あぁ！」

蓮さんの欲望を呑み込んだまま、中がギュウギュウと締まる。

「……っ……スゲ……美乃里ちゃんの中、処女のときみたいに締まって、最高に気持ちいい……」

イッて、なおも刺激され、ぼんやりする意識の中、蓮さんの男言葉にドキドキする。女装を解《と》いて、女言葉をやめると、本当にカッコいい男性だ。

蓮さんの恋愛対象が女の人だったらよかったのに……そうしたら、私――

「美乃里ちゃん、俺もイキそ……ちょっとまた、激しくなるかも……」

そう言いながら蓮さんの動きは激しくなっていき、私は頭の中が真っ白になる。

ああ、もうなにも考えられない。

蓮さんが好きになるのが女の人だったら、私――……？

蓮さんは激しく自身を打ちつけると、やがてコンドーム越しに欲望を放った。

彼はコンドームの処理だけを済ませ、温かいタオルで私の恥ずかしい場所をキレイに拭《ぬぐ》ってくれる。

「あ……私、自分で……んっ……」

「いいんだよ。終わった後、こうやって美乃里ちゃんのをキレイにしてあげるのって、結構好きなんだ。今まで俺のが入ってたところがまだヒクヒクって動いてて、スッゲー可愛《かわい》いし」

「や……っ……もう、そんなとこ、見ないで下さいっ！」

「はは、怒られちゃった」

蓮さんはちっとも応《こた》えていないようで、楽しそうに笑っていた。

もう……！

ベッドの端《はし》にあったショーツとショートパンツを身に着け、シャツを着ると、蓮さんも自身をティッシュで拭いてボクサーパンツを穿《は》き直す。

「お風呂に入ったのに、すっかり汗だくになっちゃったね」

「シャワー浴びます？」

「んー……起きてからお借りしようかな。今はこうしていたいし」

蓮さんはさっとスウェットを着直し、私をギュウッと抱き寄せてベッドに転がる。

「ひゃっ……」

「んー……美乃里ちゃんって抱き心地いいよね。柔らかくて、いい匂いがして、ずーっとこうしてたくなる」

蓮さんは私の髪を撫《な》でながら、頬にチュッチュッと音を立ててキスしてくる。

私も蓮さんに抱きしめられるの、すごくいい……

蓮さんは細身で無駄な贅肉《ぜいにく》がなく、彼の引き締まった腕に抱きしめられているとホッとした。それと同時になぜかドキドキして、胸の奥が時折切なくなる。

どうしてなのかな……

「シャワーは朝にして、今日はもうこのまま寝ない？」

「……賛成です」

「ふふ、やったね」

蓮さんは嬉しさを表すように、唇に何度もキスしてくる。

「あ、そうだ。俺、本当は早朝に出勤予定だったから、四時にアラームをセットしたままだった。解除しないと……」

蓮さんがスマホを手に取る。

あ……じゃあ、さっき来てた風間くんのメッセージも見るのかな？

「そういえばさっきスマホが鳴ってたって教えてくれてたよね。あ、メッセージだ」

蓮さんが風間くんから来たメールを見てると思ったら、なぜか胸の中がモヤモヤして苦しくなる。

どうしてだろう……

複雑な気持ちに戸惑いながら、スマホを弄《いじ》る蓮さんを見ていると、彼がクスッと笑った。

笑っちゃうほど楽しい内容なの？　それとも風間くんから連絡が来たから喜んでる？

私が悶々《もんもん》としていると、蓮さんは早々にスマホを置いて私の横に寝そべり、ブランケットを肩までかける。

温かい……

私のベッドはシングルだから、大人が二人寝るとギュウギュウで狭い。

ろくに寝返りも打てなくて、明日は身体が痛くなること間違いなしだろう。だけどどうしてか、少しでも長くこうしていたいと思った。

◆
◇
◆

「うーん……」

カーテンの隙間から差しこんできた朝日が瞼《まぶた》の裏まで届いて、私はぼんやりと目を開けた。

あれ……？

隣に眠ってるはずの蓮さんの姿がない。

昨日確かに一緒に寝たよね？　トイレかシャワーかな？

でも、バスルームやトイレを使っている気配はない。

枕の側に置いていた自分のスマホを手探りで取り、時間を確認するとまだ朝の七時だ。

昼まで一緒にいられるって言ってたけど、急用が入ったのかな？

どうして気付かなかったんだろう。見送りたかったな……

特に広い部屋じゃないけれど、蓮さんがいないと思うと、途端にとてもがらんとしているように感じてきた。

とりあえず鍵を締めて来ようと身体を起こしたら、足元に大きな塊《かたまり》があってギョッとする。

「えっ⁉」

一瞬なにかわからなくてビクッとしたけれど、すぐに蓮さんだと気付く。

「れ、蓮さん？　どうして床で寝てるんですか？」

「んー……？　おはよう」

「おはようございます。えーっと、あのー……なんで床に？　あっ！　も、もしかして私、突き落としちゃいました？」

昔は寝相《ねぞう》が悪かったと両親から聞いていたけれど、まさか大人になっても治っていないなんて……

大人になってからは誰かと一緒に寝る機会もなかったから、全然気付かなかった。

「ううん、違うよ。美乃里ちゃんのベッド、シングルでしょ？　一緒に寝たいのは山々だったんだけど、デッカイ身体の俺が隣に寝てたら、寝返り打てないだろうと思って。美乃里ちゃんが身体痛くならないように、しばらく経ってから下りたんだ」

胸の奥から、キュンって音が聞こえたみたいだった。

床で寝るほうが、身体は痛くなるのに……

蓮さんは、いつもそうだ。

意地悪だけど、細《こま》やかなところが優しくて、それに気付くと心がポカポカ温かくなる。同時に、この優しさを独り占めできたら……なんてドロドロした醜《みにく》い感情も抱いてしまう。

え？　あれ？　私、もしかして……

「言ってくれたら、お客さん用のお布団出したのに……」

「ありがと。でも、大丈夫だよ。あ、トイレに行くところだった？　俺がこんなところに寝転んでたら、通れないね。はい、どうぞ」

蓮さんはニコッと笑って、身体を起こす。

「あっ！　違うんです。蓮さんが帰っちゃったのかなって思って、起きただけで……」

「あ、そうだったんだ。なに、ガッカリしちゃった？　寂しかった？」

「ちょっ……な、なに言って……」

「違うの？」

からかわれているとわかっていても、違うなんて言えない。黙っていると、蓮さんが嬉しそうに口元を綻《ほころ》ばせた。

「ふふ、よしよし」

ふたたびベッドに上がってきた蓮さんは私を抱き寄せ、ふざけて頭を撫《な》でてくる。顔が一気にカアッと熱くなって、変な汗が出てきてしまった。

「も、もうっ！　からかわないで下さいっ！」

「ムキになるってことは、図星？　嬉しいな」

「～……っ……もう、知らないです」

どうしよう。どう答えるのが自然なのか、まったくわからない。

蓮さんが言った通り、とても寂しかった。でもその気持ちを素直に伝えたら、遠まわしに好きだって言ってるような気がする。

ん？　好き？　え？　あれ？

「……っ！」

「美乃里ちゃん、どうかした？」

「い、いえ、なんでもないです。なんでも……」

嘘……私……

今、ようやく自分の気持ちに気付いた。

うう、よりによって蓮さんと一緒のときに、自覚するなんて……

「あー……ただでさえ朝で元気だっていうのに、美乃里ちゃんが可愛《かわい》いこと言うから、したくなってきちゃった」

「蓮さん、朝型なんですか？　私、朝が苦手だから羨《うらや》ましいな」

「確かに朝型って言うと、朝型なんだけど……今のはそういう意味じゃなくて、こういうことだよ」

蓮さんは私の手を取ると、スウェットの上から自身に触れさせた。

「あっ……！」

硬い……そ、そっか。男の人って、朝、アレが勃《た》つんだった……！

「わかってもらえた？」

「は、はい……」

とんだ勘違いをしてしまった。

恥ずかしくて視線を逸《そ》らし気味に頷《うなず》くと、蓮さんの手がシャツ越しに私の胸に触れた。ブラを外して寝たから、蓮さんの手の温もりがすぐに伝わってくる。

「ぁ……っ」

「ね、シャワー浴びる前に、一回しよ？」

「い、一回って……でも、昨日も……」

「昨日は昨日。今日は今日」

「なっ……なんていう開き直りですかっ！　あっ……ちょ、ちょっと待って下さい。ン……っ……む、胸揉《も》んじゃっ……ダメで……」

昨夜の余韻《よいん》がまだ残っているのか、身体が敏感になっているみたいだ。蓮さんもそのことに気付いているのか、ニヤリと意地悪な笑みを浮かべている。

「しようよ。ね？」

蓮さんのお願いに抗《あらが》うことなんてできず、私は唇にキスされる前にコクリと頷《うなず》いた。

――私、蓮さんが好きになったんだ……

第三章　絶対に勝てないライバル

蓮さんが、好き……

気持ちを自覚したら、自分の中でどんどん彼への気持ちが膨《ふく》らんでいく。

蓮さんは自分を踏み台にして、次の恋愛に生かして欲しいと言っていたけれど――そんなの絶対無理だ。

でも、蓮さんには好きな人がいて、彼はその人のために完璧な女性を目指しているわけで――

「美乃里ちゃん、スマホが光ってるわよ。電話じゃない？」

「あ、本当だ」

あれから数日後の夜、私は蓮さんの家にお邪魔《じゃま》している。

二人で会うときはいつも外食が多いけれど、たまには家でちゃんと作って食べようということになった。今日は厚切りベーコンを入れたカルボナーラと野菜をたっぷり入れたコンソメスープに、あっさりしたトマトのサラダを作って食べた。

食後にテレビを見ながらまったりして、ようやく腰を上げて片付けようとしたら、テーブルに置いてある私のスマホが光っていたというわけだ。

「わたし、洗い物しておくわ。気にせず出てね」

「いいえ、後でかけ直すから大丈夫です」

「なーに？　わたしの家では出られないような怪しいお電話なの？　きゃーっ！　美乃里ちゃん、浮気⁉　酷《ひど》いわっ！　わたしとのことは遊びだったのねっ！」

蓮さんは両手に口を当てながら切れ長の目を見開いて、わざとオーバー気味に言ってくる。

「違いますよーっ！　尚子っていう友達からです」

「じゃあ、問題ないわね。ほら、出てあげて」

蓮さんはパチッとウィンクし、食器を持ってキッチンへ向かう。

こういう気遣いをさり気なくできるところが憧《あこが》れるし、すごく好き……

……ってなんか私、ポエマーみたいじゃない？

恥ずかしくて悶絶《もんぜつ》しそうになっていると、電話が切れてしまう。かけ直そうとしたら、メッセージが送られてきた。

『久しぶり！　来週の金曜日って空いてる？　もしよかったら、合コンしない？』

合コンかぁ……

そういえば事情が事情だったから、彼氏ができたって誰にも報告していなかった。

元カレが私に言ったことを気にしているのか、尚子はたびたびこうして合コンに誘ってくれたり、男友達を紹介しようとしてくれる。

蓮さんと付き合うまでは一生一人でいようと思っていたから、全部断っていた。けれど、もう彼氏いない歴イコール年齢ではなくなったわけだし、蓮さんも自分を踏み台にと言ったわけだし、参加するのがいいのだろう。

でも、なんだか気が進まない。

今誰かと知り合っても、蓮さんと比べてしまいそう。それに彼以外の誰かを好きになるなんて、そんなことできる気がしない。

どう返事をしようか迷っていたら、洗い物を終えた蓮さんが戻ってきた。

「あら？　難しい顔して、どうしたの？」

「あ、片付けてもらっちゃってすみません」

「全然いいのよ。それよりも、なにかトラブル？　わたしでよければ、相談に乗るし、力になるわよ」

蓮さんはまだ少しだけ濡れた手で、自身の胸をトンと叩く。

こういうところもやっぱり好き……だなんて思って、顔が熱くなる。

「いえ、大丈夫です。ただ友達から合コンの誘いが来ただけなので」

「合コン？」

「はい、だから大丈夫です」

蓮さんは私の隣に腰を下ろして足を組み、「なんてお返事したの？」と尋ねてきた。

「電話に出そこねて、メッセージが来たので、今から返事をするところなんですよね」

「そうだったの。それで、なんてお返事するつもりなの？」

行かない……と言ったら、

『どうして行かないの？　もう彼氏いない歴イコール年齢は打ち止めになったんだし、彼氏は作れるでしょう？　出会いのチャンスは逃さないようにしなくちゃ！』

なんて言われちゃいそう。そうなったら、顔が引きつっちゃう。

いや、この通りに言われないかもしれないけど、似たようなことは言われるだろう。好きな人から、自分以外の新しい恋人を見つけなさいと勧められるのは嫌だ。

それに『どうして行かないの？』と聞かれても困る。

蓮さんのことが好きになっちゃったから……なんて言えない。

蓮さんは好きな人がいるし、しかもそれは男の人なのだ。

告白する前から失恋確定だってわかっているのに、告白する勇気なんてない……

「行くって返事をするつもりですけど……」

頑張ってね！　なんて激励《げきれい》されるんだろうな〜……

想像しただけでため息が出そうになる。

「ふぅん、そんなお返事をするつもりなの？」

蓮さんの声が冷たくなった気がして、スマホの画面から彼の顔に視線を移すと、蓮さんの顔からは笑みが消えていた。

え……なんで？

思わず目を丸くして固まると、蓮さんが私の手からスマホをヒョイッと取り上げてテーブルの上に置いた。

「じゃあ、没収ね」

「えっ！　どうして……」

「合コンに行って、どうするつもりなの？　次の恋人候補を見つける……？」

「へ？　どう……と言われても、その、次の恋人を見つける……？」

だよね？　合コンに行く理由って、それしかないよね？

「あらあら、わたしがいるのに、次の恋人を見つけるの？　どうどうと浮気宣言なんて、美乃里ちゃん……なかなかの悪女ね？」

「わたしがいるのにって、だって蓮さん……あっ……」

自分を踏み台にしろって、言ったじゃないですか――という言葉は、押し倒されたことによってどこかへ行ってしまった。

「言い訳なんて聞いてあげない。美乃里ちゃんがわたし以外の男と付き合おうだなんて、百年早いのよ」

「ひゃ、百年って、私、百年経ったら百二十八歳で、さすがに恋愛どころか生きてな……っ……ン……！」

蓮さんは私の唇を深く奪いながら、スカートの中に手を入れてくる。

「……っ……ん……」

わたしがいるのに、次の恋人を見つけるの？

美乃里ちゃんがわたし以外の男と付き合おうだなんて、百年早いのよ。


蓮さんのバカ……！

そんな言い方されたら、嫉妬《しっと》してもらえていると勘違いしそうだ。

どうせ叶わない想いなら、期待させないでほしいのに……

蓮さんは私のショーツとストッキングに手をかけ、ずり下げてくる。

いつもはこんな性急に脱がせてこようとしないのに、今日はもう脱がせちゃうの？

そう思いながらも、嫉妬《しっと》されたように感じて喜んでいる私は自分から腰を浮かせて、蓮さんがスムーズに脱がせられるよう手伝ってしまう。

「ねぇ、美乃里ちゃん」

蓮さんは唇を離すと、私の足首からストッキングとショーツを引き抜いた。

「は、い……？」

キスの後はいつも舌が蕩《とろ》けたみたいに重たくて、上手く動かせない。少し甘えたような声になってしまうのが恥ずかしい。

「食後に美味《おい》しいコーヒーが飲みたくない？」

「へ？」

こんなときに、なんでコーヒーの話？

「今日は暑かったし、季節限定のフローズンコーヒーとかもいいわよねぇ」

だからなんでフローズンコーヒーの話⁉

「ね？」

呆気に取られた私は、とりあえず頷《うなず》いて同意した。

すると蓮さんは身体を起こして、私のショーツを持ったままリビングを出て行ってしまう。

「え？　あ、あの、蓮さん？」

私も起き上がると、蓮さんはショーツの代わりにキーケースと財布を持って帰ってきた。

「じゃあ、決まりっ！　行きましょうか」

「行くってどこへ？」

「車で少し走ったところに、ドライブスルーのあるコーヒーショップがあるの。今から行きましょう」

蓮さんはニッコリ笑って、キーケースを見せてくる。

「えっと、じゃあ、あの、下着を……」

「うん？　下着がどうかした？」

どうかした？　って、わかってるくせに、どうしてとぼけるのだろう。

「わ、私の下着、返して下さい」

なんだかそれが恥ずかしい台詞《せりふ》のように感じてしまい、顔が熱くなる。すると蓮さんはニッコリ笑って、「嫌よ」と答える。

耳を疑った。

「え？」

「嫌よ。返してあげない」

「な、なんで……あっ！　もしかして、蓮さん好みの下着でしたか？」

混乱のあまり、返してくれない理由がそれくらいしか思い浮かばない。

「この前買ったばかりだから、まだ売ってると思います！　明日にでも新しいのを買ってきて、プレゼントしますから……っ！」

そう提案すると蓮さんは切れ長の目を丸くし、少ししてからお腹を抱えて笑い出す。

あれ、もしかして違った？

「あー……もう、美乃里ちゃんってば、最高。確かに可愛《かわい》い下着だし、とっても好みだわ。でも、穿《は》きたいから返してあげないんじゃないのよ。美乃里ちゃんをちょーっと困らせたいだけ」

「へ？　な、なんで……？」

「教えてあげない。あ、じゃあ、これは返してあげる」

ストッキングだけ手渡された。

「こ、これだけ返されても困りますっ！」

「じゃあ、いらない？」

「いや、いりますけど、でも……っ」

どんなに必死に訴えても、蓮さんは下着を返してくれない。

「さあ、行きましょ」

「ちょ、ちょっと、待って下さいっ！　し、下着を穿《は》いてないのに外に出るなんて……ちょっ……れ、蓮さん～……っ！」

そのままで出るよりはまだマシかもしれない……と、ストッキングを身に着けてみるものの、当然落ち着かない。

「準備できた？　じゃあ、今度こそ行きましょう」

蓮さんはショーツを穿《は》いていない私の手を引いて、強引に家を出た。

◆◇◆

蓮さんの住むマンションは、地下一階が駐車場になっていたらしい。

彼の車はシルバーの五人乗りセダンで、内装は黒と茶を基調としていてシックなデザインだ。

革張りのシートはとても座り心地がいいけれど、下着を穿《は》いていないから落ち着かない。

うう、こんな状態で外へ出ることになるなんて～……！

なんとか平静を保とうと、できるだけいつも通りに蓮さんに話しかけた。

「蓮さんって、車持ってたんですね」

「一応ね。仕事のときは駐車場所がないことが多いから、公共交通機関ばかり使ってるけど、休みの日はたまに乗るわ。あんまり乗らないし、売っちゃおうかしら～……って悩んでたけれど、たまにはこうしてドライブするのもいいわね。やっぱり残しておくわ」

ということは、また私とドライブしてくれるつもりなのかな？　それとも風間くんともドライブしたいと思って？

……一体どっち？

というかどうして私は、下着を返してもらえないの？

蓮さんが運転する姿はとてもキレイで、つい見惚《みと》れてしまいそうになる。でもすぐに下着のことが気になって、ソワソワしてしまう。

座っていると汗ばんで、お尻にストッキングがくっついて……

うう、気持ち悪い～！

なにか穿《は》いていたほうがマシだろうと思ったものの……余計変な感じがする。

しかも今日に限って、スカートが膝上丈なのだ。

ドライブスルーを利用すると言っていたけれど、もし外を歩くことになったら？

今日は風が強いし、スカートがめくれてしまったら？　うっかりつまずいて転んだりでもしたら……？

ただのノーパンでもヘンタイチックなのに、ストッキングだけは穿《は》いてるって……ヘンタイどころかドヘンタイになってしまう。

ソワソワしているうちに、コーヒーショップが見えてきた。

「そうだわ。せっかくだし、お店で飲んでいく？」

「えっ……!?」

あからさまに慌てて蓮さんのほうを見ると、意地悪そうに笑う横顔が見えた。

「冗談よ」

「……っ……もう、蓮さんの意地悪!」

蓮さんはクスクス笑いながら、車をドライブスルーのほうへ移動させる。

「美乃里ちゃん、なににする?」

「えっと、じゃあ、ソイラテのアイスにします」

「デザートはなにか頼む?」

「いえ、大丈夫です」

「ソイラテのアイスと……えーっと、じゃあ、アイスコーヒーをお願いします」

蓮さんがマイクに向かって注文すると、『かしこまりました。ただいまご用意いたしますので、商品受け取り窓口までお進みください』と店員さんの声が聞こえてくる。

蓮さんが指示通り車を進めると、すぐにそれは見えた。

「ただいま商品をご用意しておりますので、お先にお会計を失礼致します。七百四十円になります」

「あ! 私、お財布置いてきちゃった! す、すみません、蓮さん……後で返すので、払っておいてもらえませんか?」

ストッキングを穿《は》くことに気を取られて、蓮さんの家に鞄《かばん》を忘れて来てしまった。

「いいのよ。わたしが飲みたいって言ったんだから、今日はわたしに払わせて」

蓮さんはお金を払った後に私の耳元に顔を寄せ、「下着もいただいちゃったしね？」と付け加えた。その一言で、一気に顔が熱くなる。

「れ、蓮さんっ……！」

傍《はた》から見たら、女友達がじゃれ合っているようにしか見えないのだろう。お会計をしている店員さんもほのぼの微笑んでいる。

まさかこのキレイなお姉さんが男で、隣に座っている平凡そうな人間が下着を身に着けずストッキングだけを穿《は》いているドヘンタイだなんて思わないはずだ。

……いや、好んでそうなってるわけじゃないし、純粋なヘンタイとかじゃないけど！

なんて考えていたら、商品が来た。

「はい、美乃里ちゃんの分」

「あ、ありがとうございます」

よかった。これで後は帰るだけだ。蓮さんは片手でハンドルを操り、もう片方の手でコーヒーを飲む。

「せっかくだし、このまま少しだけドライブしましょうか」

「えっ……!?」

「そうだわ。夜景がキレイな場所があるのよ。そこはどうかしら」

「えーっと……また、次回っていうわけには……」

蓮さんと夜景を見に行きたい気持ちは大きいけど、下半身がこんな格好では落ち着かない。

「あら、夜景は嫌い？」

「いえ、そんなことないです！　でも……」

もうっ！　どうして次回にしたいか、わかってるくせに！

下着を穿《は》いていないから、なんて口に出すのは恥ずかしくて言い淀《よど》み、ジトリと蓮さんを睨《にら》む。

すると彼はストローを咥《くわ》えていた口元を吊り上げる。

「ノーパンでストッキングだけ穿《は》いた状態で夜景を見に行くなんて、欲情しちゃうからダメなのかしら？」

「よ、欲情するわけないじゃないですか！　ヘンタイみたいな格好してるけど、ヘンタイじゃないんですからっ！」

「じゃあ、問題ないわよね」

ここで嫌だと言っても、すでに車は来た道を戻っていない。蓮さんは強引にでもそこへ連れて行くつもりなのだろう。

「……はい」

そう答えると、蓮さんは満足そうに口の端《はし》を吊り上げ、咥《くわ》えていたストローをほんの少しだけかじった。

◆◇◆

彼氏と夜景を見に行く……よく聞く話だけど、自分にはまったく縁がないと思っていた。

どこか有名な夜景スポットへ連れて行ってくれるのだろうか。

蓮さんと一緒ならどこでも嬉しい。

……ちゃんと下着さえ穿《は》いていればの話だけど！

できるだけ人がいないことを願っていたら、蓮さんはホテルのような大きなマンションの屋外駐車場に入って行った。

「はい、到着っと。さあ、行きましょうか」

蓮さんは慣れた様子で駐車場に車を停め、エンジンを切る。

「あの、ここって？」

「ふふ、お話は部屋に入ってからね。早く行きましょう」

戸惑いながらもシートベルトを外していると、先に車外に出た蓮さんが助手席のドアを開けてくれた。

優しいし、嬉しいけど、今はドアを開けてくれるよりも下着を返して欲しい。

スカートがめくれてしまわないか気が気じゃなくて、お尻を押さえながら蓮さんに付いて行く。

「美乃里ちゃん、お尻を気にしてどうしたの？　座りすぎて痛い？」

「もう、蓮さんっ！」

わかってるくせに蓮さんは意地悪な質問をして、エントランスの鍵を開けた。共用廊下を通り、エレベーターに乗り込む。

どうしてこんなマンションの鍵を持っているんだろう。

疑問と下半身の違和感で頭がいっぱいになっている私を傍目《はため》に、蓮さんは最上階である二十五階のボタンを押す。

エレベーターを降りた蓮さんは「こっちよ」と言って一番奥まで歩みを進め、二五〇一号室の前で足を止めた。

「はい、到着っと」

「えっと、お邪魔《じゃま》します……」

一体誰の家なんだろう……

蓮さんは玄関ドアをカードキーで開錠《かいじょう》し、「はい、どうぞ」とラックからルームシューズを出して私の前に揃《そろ》えてくれる。

「ありがとうございます。あの、ここって……」

「わたしの父親が持ってるマンションの一つなの」

「マンションの一つ⁉」

ってことは、他にもたくさん所有してるってこと？　す、すごい！　セレブだ。

「ええ、住居としては使ってないけどね。リビングに行きましょう。ここの夜景は格別なの」

広いリビングはガラス張りになっていて、見事な夜景が広がっていた。

「すごい……！」

「電気を消すと、もっとキレイなのよ」

蓮さんは冷房を入れると同時に、点けたばかりの電気を消した。

「わぁ……！」

窓際に行くと、空の上に浮いて、そこから夜景を見下ろしているような感じがする。

キレイ……

リビングには革張りのソファがあるだけで、他に家具はない。

三人座っても余裕があるほどの大きいソファなのに、リビングが広いせいかそうは見えない。

蓮さんはそこに座って、私を隣に誘ってくれた。

窓際にいるのは空を飛んでいるような感じがして怖いので、素直にソファへ腰を下ろす。

「ね？　キレイでしょ」

「はい！　夜景を見に連れて行ってくれるっていうから、てっきり一般的な夜景スポットへ行くかと思ってました」

「ふふ、それも考えたけど、今日は風が強いものね。風でスカートがめくれ上がって、美乃里ちゃんの可愛《かわい》いアソコが丸見えになっちゃったら大変でしょう？」

蓮さんはスカートの上から、私の太腿《ふともも》を撫《な》でる。

「ン……っ……き、気が気じゃなかったんですからね……っ!?」

「ふふ、わたしはとーってても楽しかったけどね？」

「もう、蓮さんの馬鹿……っ！」

蓮さんがクスクス笑う声と、空調の音だけが静かな部屋の中に響く。

「ここのマンション、蓮さんのお父さんのマンションの一つって言ってましたけど、お父さんって不動産屋さんなんですか？」

「あ、ううん、違うの。俳優の青山修二《あおやましゅうじ》って知ってる？」

「もちろん！」

青山修二――国内外を問わず数多くの名作映画やドラマに出ている有名俳優で、日本人なら誰もが知っているはずだ。

プライベートはほぼ明かさないスタイルで謎に包まれているけれど、結婚していて子供がいることだけは公表している。

ちょうど今朝の芸能ニュースで、今は新作映画のロケのためロンドンにいると報道されていた。

あれ？　青山？　今、彼の話を出すってことはもしかして……

「え？　あの、もしかして……」

「そうそう、それがわたしの父親なの」

「えええええええっ……!?」

あまりに驚きすぎて、つい大きな声を上げてしまう。

「自宅は一応都内にあるんだけど、役作りするためには一人じゃないと無理！　でもいつも同じ場所じゃ飽きる！　かといってホテルは落ち着かないから嫌！　ってことで、いくつかマンションを持ってるのよ」

す、すごい……さすが日本を代表する有名俳優！

「だからこの家はその一つってわけ。父が使わないときは、好きに使っていいって言ってくれてるから、わたしもたまーに来るの。ぼんやり考え事をしたいときは、自宅よりもここが落ち着くわ」

ちなみに蓮さんのお母さんは青山修二のヘアメイクを担当していて、それがキッカケとなって交際に至り、結婚したらしい。

「そ、そんなこと、私に教えちゃっていいんですか？　あ、いえ！　口外《こうがい》するつもりはまったくありませんけど、でも……」

「あら、もちろんよ。美乃里ちゃんはわたしの恋人だもの。恋人に家族のことを話してもなんの問題もないでしょう？」

一時的な恋人なのに、そう言ってくれるの？

嬉しさと複雑な気持ちで胸がいっぱいになって、言葉が出てこない。

「美乃里ちゃんの家族のことも知りたいわ。どんなご家族なの？」

「家《うち》はものすごく平凡ですよ。父はサラリーマンで、母は近所のパン屋さんでパートしてます。実は妹もいるんですけど」

「あら、妹さんがいたのねっ！」

「はい、実はまだ小学生なんですよね。私が二十歳のときに生まれた子なんです」

「まあ！　いいわね〜。わたしも妹が欲しかったわ〜！　うちは兄が二人だから羨《うらや》ましいわ」

「お兄さんが二人！」

絶対にイケメンなんだろうなぁ……

「妹っていうより、娘みたいな感覚で可愛《かわい》いんですけど、去年ショックなことがあって……」

「なになに？　なにかあったの？」

「彼氏ができたって私にだけこっそり教えてくれたんです。同級生の男の子で、まあ、彼氏っていうより、友達の延長線上みたいな感じらしいんですけど。色々相談に乗って欲しいって目を輝かせて言われて……お姉ちゃん、彼氏が一度もできたことないから、友達から聞きかじった知識での相談になるけど、いい？　なんてさすがに言えませんでした」

キラキラ輝く夜景を濁《にご》った目で眺めていると、蓮さんがお腹を抱えて笑い出す。

「わ、笑わないで下さいよっ！　もう……」

「はー……お腹痛い。ごめんなさいね。でも、もう彼氏もできたし、相談に乗ってあげられるじゃない」

「あっ！　そうですね。ちょっと得意気な顔をしながら聞いてあげられますっ！　蓮さんのおかげで……」

なんて言っていたら、スカートのポケットに入れていたスマホが震えた。

取り出して画面を見ると、尚子からの着信だった。多分合コンの返事を聞こうとしているのだろう。

「……蓮さんのおかげで、諦《あきら》めていた恋愛もできます。合コンの誘い、行くって返事しちゃいますね」

通話ボタンをタップしようとしたら、蓮さんは私のスマホをさっきみたいに取り上げた。

「あっ！　蓮さん？」

「美乃里ちゃんは、男心がわかってないわね」

「へ？」

それって私に、合コンに行ってほしくないってこと？

やっぱり嫉妬《しっと》してくれているのかと期待が生まれ、心臓が大きく跳ね上がる。

「わたし以外の男と付き合うなんて、まだまだ早いってこと。もっと修業を積まないとね」

ああ、なんだ……

恋人を見つけるには、経験が足りないってことなんだ。

嫉妬《しっと》なんかじゃなくて、私が失敗しないか心配してるんだ。

「はい……じゃあ、断るので、スマホ返して下さい」

スマホを受け取ると、着信が切れてしまった。

電話をかけ直そうか――いや、でも今はガッカリするあまりに、暗い声になりそうだ。

断りのメッセージを作って、顔の前で手を合わせて謝っている可愛《かわい》いキャラクターのスタンプを送った。

「断りました」

スマホをポケットの中にしまうとき、無意識のうちに小さなため息を吐いてしまう。

スマホの画面から夜景に視線を移すと、胸の中がモヤモヤする。

今後夜景を見ることがあれば、私はきっと蓮さんとのことを思い出すんだろうな……

蓮さんは私と別れたら、このマンションに風間くんを連れてくるのかな……

「あら、なんだかすごくガッカリしてるみたいね。そんなに他の男と出会いたかった？」

「え？」

夜景に向けていた視線を蓮さんに移そうとしたら、そのまま押し倒された。

「れ、蓮さん？　あっ……」

押し倒されたときの衝撃で、スカートがずり上がる。

普段ならそこまで気にならないけれど、下着を穿《は》いていない今は少しのことでも意識してしまう。

スカートに手を伸ばして、元の場所まで戻す。すると蓮さんは私のカットソーをめくり上げて、ブラのカップの中に手を入れてきた。

「んっ……れ、蓮さ……っ……」

「他の男と恋愛したいんでしょ？　だったら、もっと男のことを知らないとね？」

なぜか、怒ったような口調に聞こえた。それに女性らしい喋《しゃべ》り方なのに、男口調のときよりうんと低い声だった。

どうして……？

「……っ……ン……ぅ……」

戸惑っていると唇をやや乱暴に奪われ、無防備な舌はあっという間に長くて巧みな舌に捕らわれた。

蓮さんは舌をヌルヌルと擦《こす》り付けながら、ブラのカップの中に入れた手を動かして私の胸を揉《も》みしだく。

「んっ……んんっ……ふ……」

胸の先端はあっという間に尖《とが》って、蓮さんの手の平を押し返すように硬くなっていく。

彼はホックを外さないまま、私の鎖骨までブラをずり上げて両方の胸を揉《も》んだ。

「んんっ……！　んっ……んぅ……」

蓮さんは私の胸に指を食い込ませ、荒々しく揉《も》みしだく。彼の手の動きによって、胸がいやらしく形を変えた。

こんな乱暴に触れられるのは初めてだ。

「んんっ……ふ……ぅ……んっ……んん――……っ！」

不機嫌な気持ちをぶつけられているようにも感じる。

私が、合コンに行くって言ったから？　やっぱり面白く思ってない？

胸の先端をキュッとつまみ上げられると、下腹部がゾクゾク震えて頭が真っ白になる。

「――……っ……ン……！」

頭が正常に動いていないせいか、自分の都合のいいように考えてしまう。

胸の先端を指先でクリクリ転がされるたびに身体がビクビク跳ねて、スカートがずり上がってくる。

必死に元に戻しても、ずり上がるペースのほうが早い。

足と足の間に手を入れているから、辛うじて大事な場所は隠れているけれど、それ以外のところはもう丸見えだった。

「美乃里ちゃん、そんなところ押さえてどうしたの？」

「ど、どうしたのって見えちゃ……う、から……」

「見えていいじゃない。こうするときは、いつも見せてくれてるでしょう？」

いつもとは全然ビジュアルが違う！　と訴えなくても、蓮さんはどうして私が必死になっているのか気付いている。

だって、ものすごく意地悪な顔してるもん……！

「ね、見せて？」

「い、や……ですよ……っ……ひぁっ……!?」

尖《とが》って赤くなった胸の先端をチュッと吸われ、必死に掴《つか》んでいたスカートから手が離れてしまう。

「あっ……！」

下着を着けていないのに、ストッキングだけ穿《は》いているというとんでもない格好が露《あら》わになった。

私は慌ててスカートを元の位置に戻そうとする。しかしそれよりも早く、蓮さんの指がストッキングの上から私の割れ目を撫《な》でた。

「ン……！」

静かな部屋の中にはふさわしくない、クチュッとしたエッチな音が聞こえて顔が熱くなる。

「あら、濡れてる。美乃里ちゃんってば、こんな格好していることに興奮して、感じちゃったのかしら」

「ち、違……っ……ン……っ……ぁ……」

ストッキング越しに割れ目の間を擦《こす》られると敏感な粒が刺激され、ゾクゾクと快感がせり上がってくる。

「違うの？　じゃあ、どうしてこんなに濡れてるのかしら。それにここもこんなに硬くなって、ぷっくり膨《ふく》れてるわよ？」

「……っ……そ、れは……ぁんっ……」

敏感な粒に指の腹を宛《あて》がわれ、プニプニ押された。

「それは？」

「……れ、蓮さん……が、触る……からで、こんな格好……してるからじゃ……っ……ぁんっ……！」

「本当に？」

「当たり前じゃないです……かっ……んんっ……」

意地悪な愛撫《あいぶ》を受け続けた私の身体は熱く昂《たか》ぶり、溢《あふ》れた愛液はストッキングを通り越して蓮さんの指をねっとりと濡らしていた。

「もう合コンになんて行かないって約束してくれたら、美乃里ちゃんが下着を身に着けずにストッキングだけ穿《は》いて興奮するような痴女《ちじょ》じゃないって信じてあげるし、もっと気持ちよくしてあげるわよ」

「へ……？」

どうしてそんなことを言うの？

他の人と恋愛できるようになるために自分と付き合おうと言うぐらいだから、合コンに行くことも勧めそうなものだけど……

「ね、どうする？　約束してくれる？」

蓮さんは膣口に指を宛《あて》がうと、ググッと押し込んでくる。

「ぁ……っ……」

ストッキングごと中に指が入り、下腹部がゾクゾク震えた。

「約束できる？」

「ん……っ……」

熱くなった頭をなんとか縦に振ると、蓮さんが満足そうに口の端《はし》を吊り上げる。

彼は「いい子ね」と呟《つぶや》いて、わずかに挿入していた指を引き抜き、私の両方の足を左右に大きく広げた。

「きゃっ……!?　や……っ……れ、蓮さん……なんてことを……」

「ふふ、いい眺め……」

蓮さんはとても美味《おい》しそうな食べ物を見るみたいに私の恥ずかしい場所を眺め、ストッキングの上から舌でなぞり始める。

「ひぁっ……⁉　や……れ、蓮さん、そんな……ぁんっ……！　い、いやぁ……っ……ン……っ……！」

蓮さんの舌が動くたび、ストッキングに擦《こす》れて、ザリザリいう。私の敏感なところがこねくり回され、グチュグチュというエッチな音が響く。

ストッキング越しにチュウッと吸われたことで、私はとんでもなくアブノーマルな愛撫《あいぶ》で盛大にイッてしまった。

全身の毛穴からブワリと汗が噴き出て、気が遠くなるほどの快感に包まれる。

絶頂の余韻《よいん》でくたりと力が抜けた。そんな私の恥ずかしい場所を眺めていた蓮さんは、「あっ」と声を上げる。

「美乃里ちゃん、ごめんなさい。わたし、美乃里ちゃんを愛撫《あいぶ》するのに夢中で、ストッキングに穴を空けちゃったみたい。弁償《べんしょう》するわね」

蓮さんは空いた穴の中に指を入れて、肌をツンと突いてくる。触れられたのは内腿《うちもも》のあたりだ。

「あ……そんなの、全然大丈夫……です。安物、ですし、消耗品ですし……」

「ごめんなさいね。……ちなみに、もっと穴が空いても大丈夫？」

「え？　はい、大丈夫、です……」

別の穴が空いていることを発見したのだろうか。

どうせ一つ穴が空いたら穿《は》けないし、まったく構わないけど……

すると、蓮さんは「じゃあ、遠慮なく」と言って、私のストッキングに手をかけた。

「えっ……！　ちょ、ちょっ……蓮さん……!?　きゃっ……！」

遠慮なく……という言葉通り、蓮さんは私のストッキングを破いて、恥ずかしい場所だけを剥《む》き出しにした。

熱くなった恥ずかしい場所に、冷たい空気が入り込んできてブルッと震えてしまう。

「なんかこういうアブノーマルなのも興奮しちゃうわね」

蓮さんは愛液の付いた唇をペロリと舐《な》め、硬く反り立った自身を取り出した。

まさか――

「あ……っ」

そのまさかだった。

彼はポケットに忍《しの》ばせていたコンドームを使って準備を整えると、ストッキングの穴から私の膣口にグッと突き入れてくる。

「――……っ……ぁあ……！」

「……はぁ……最高の感触……」

すぐに激しく抽挿《ちゅうそう》を繰り返され、私は大きな嬌声《きょうせい》を上げてしまう。家具がほぼないせいか、やけに声が響いて恥ずかしい。

「こうしてストッキングをビリビリに破いて抱くのって、美乃里ちゃんを無理矢理襲ってるみたいでちょっと……ううん、大分興奮しちゃう。たまにはいいかも……なんてね？」

「も……っ……れ、ん……さんのヘンタイ……ぃ……っ……ぁんっ……あぁんっ……はんっ……んっ……ぁっ……あぁっ……！」

膨《ふく》らんだ切っ先で弱い場所をグリグリと擦《こす》られると、言葉が喘《あえ》ぎに変わってしまって続きが言えなくなる。

「ふふ、そうかも。でもわたしに襲われて感じてる美乃里ちゃんも、十分ヘンタイだと思うわ」

た、確かにそうかもしれない。

私はグッと言葉を詰まらせる。

「あら、反論しないの？」

蓮さんが追い打ちをかけてくる。

「も……っ……蓮さんの意地悪……っ……！」

「ふふ、わたし……美乃里ちゃんに『意地悪』って言われると、すっごく興奮しちゃうのよね……いじめっ子属性でもあるのかしら」

「し、知りませんよぉ……っ……あっ……あぁんっ……んんっ……！」

またイッてしまうと、蓮さんのが中でビクンと震えて一際《ひときわ》大きくなったのがわかる。

「美乃里ちゃん、イッちゃった？　……あ、やべぇ……スッゲー締まって……俺のに、絡む……俺も、もう、イキそ……」

「……っ……ン……」

不意打ちで男口調になられると、ただでさえイッたばかりでキュンキュンしていたお腹の奥がなおのこと疼《うず》く。

蓮さんはさらに抽挿《ちゅうそう》を激しくして、やがてコンドーム越しに精を放った。

気持ちよすぎて涙がにじみ、絶頂の余韻《よいん》に震えながら窓の外を見ると夜景がぼやけて見える。

さっきもとてもキレイだったけれど、こうして涙越しに見るともっとキレイだと、ぼんやり思った。

「美乃里ちゃん、夜景のほうじゃなくて、こっち向いて」

「え？　……っ……ん……」

蓮さんは自身を引き抜くと、深く唇を奪ってきた。舌を吸われるたびに、たった今まで蓮さんに貫《つらぬ》かれていた敏感な場所が、こっちにも刺激が欲しいとおねだりするようにまたヒクヒクと疼《うず》き出す。

「このキレイな夜景を美乃里ちゃんにも見せたかったのは確かなんだけど、今は俺のことを見て欲しいな」

「……っ……蓮さん、喋《しゃべ》り方……男性になってますよ？　女装したまま、なのに……」

「おっと。本当だ。まあ今日は許して？」

「でも、完璧な女性を目指すためには、そういうの気にしたほうがいいんじゃ……」

「ああ、そうだね。こういうときにポロッと男みたいな喋《しゃべ》り方になるってことは、まだまだ勉強が足りないってことだ。じゃあ、もっと勉強しないと……」

蓮さんはニヤリと笑うと、どこかに忍《しの》ばせていたらしい新しいコンドームを口に咥《くわ》えて、ピリッと破いたのだった。

◆◇◆

「はい、終わりです」

「ありがとう。まあ！　すごいわー。自分の手じゃないみたい」

「こちらこそ来てくれて嬉しかったです。ありがとうございます、蓮さん！」

蓮さんは初めて私のお店に来店してからというもの、定期的にハンドケアの予約を入れてくれていた。先週は蓮さんが仕事で海外に行っていたので、彼に会うのはしばらくぶりだ。

私は彼氏いない歴イコール年齢を卒業したいから。そして彼は女の子のことが知りたいから……ということで付き合い始めた。

私の目標は達成されたわけなのだけど、蓮さんはどうなのだろう。

『女の子のことがまた一つわかったわ』なんて会うたび言ってるけど、もう知りたいことがなくなったときが、恋人期間終了ってことだよね？

「あ、そういえば前から聞きたかったんですけど、メイクアップアーティストさんって、ネイル禁止なんですか？」

「そんなことないわよ。禁止のプロダクションもあるけど、わたしはフリーだしね」

「じゃあ、大丈夫なんですか？」

「ええ、周りにもネイルしてる子は結構いるわよ。まあ、さすがにヘアメイクをするわけだから、あんまりにも長かったり、ゴテゴテしてるのはＮＧだけどね」

蓮さんが好きだと気付いてから、彼と過ごす時間がより楽しくなった。だからこそ、別れの時期がいつ来るのかと思うと怖くて堪《たま》らない。

「じゃあ、ジェルネイルとかやってみませんか？　ゴテゴテしないように、ストーンとかブリオンは極力数を抑えて……」

蓮さんの手はキレイだから、きっとジェルネイルが映《は》えるはずだ。どんどんアイディアが湧いてくる。

ジェルネイルをするなら、二時間はかかる。

実は蓮さんが予約を入れてくれた時点でこの後の予約が入っていなかったので、時間は確保してある。もし蓮さんが「ジェルネイルをやってみたい！」と言ってくれたら、このまま施術《せじゅつ》できるのだけど、どうかな？

ネイル好きの一人として、そしてネイリストとして、より多くの人にジェルネイルを好きになってもらいたいという純粋な気持ちもある。けれど、好きな人とより多くの時間を過ごしたいという下心もあったりする。

「んー……でも、ジェルネイルって、マニキュアとかと違ってなかなか剥《は》がせないものなのよね？　削ったり、除去する液？　とかでふやかしたりしないといけないんだったかしら？」

「そうですね」

「常にメイクしてるのならいいんだけど、わたし、休みの日は肌を休ませるためにスッピンじゃない？　そのまま普通に出歩くときもあるから、ネイルしてたらミスマッチじゃないかしら？」

た、確かに……

「あ、でも、ネイルするのって大分時間かかる？」

「二時間はかかりますね。あ、この後予定入ってますか？　じゃあ、なおのことダメですよね」

「ううん、今日は早朝で仕事も終えたし、後は家でまったりしようかしら～……くらいに思ってたわ。二時間かかるってことは、美乃里ちゃん、わたしの後に予約のお客様はいない感じ？」

「はい。蓮さんがジェルネイルしたいって言ってくれるかも？　と思って、一応予約を入れないようにしてたんですけど……」

あ、ちょっとこれって、恩着せがましくない？　私が勝手にしたことなのに……

「えっと、でも、二時間空いても大丈夫です！　ネイルのデザインサンプルを作ったり、事務仕事に充《あ》てればいいだけで……」

両手を顔の前に持って左右に振っていると、蓮さんがその手をギュッと握ってくる。

「ってことはジェルネイルがしたいって言えば、美乃里ちゃんの二時間をゲットできるってわけかしら？」

「へ？　あ、は、はい……」

それって、蓮さんも私と一緒にいたいと思ってくれてるってこと？

思わず舞い上がりそうになるけれど、いや、待てよ？　また好きな人のために、女の子のことをよく知りたいとか、そういう理由じゃ……

舞い上がった心が、地面に激突する。

……そうだよね。それ以外、蓮さんが私と一緒にいたい理由なんてないもん。

「じゃあ、やってもらっちゃおうかしら～……あ、でも飾りとかは付けないでほしいの」

「ヘアメイクするときに引っかかっちゃいそうだからですか？　ちょっと厚みは出ますけど、ジェルの中に埋め込んじゃうので大丈夫だと思います……あ、今私の人差し指がちょうどそんな感じです」

人差し指を出して見せると、蓮さんが爪の感触を指の腹で確かめる。

「あら、本当だわ。思ったよりマイルドな感じ。……んー……親指と小指なら大丈夫かしら」

「その他の指はダメなんですか？」

「うん、大分マイルドになってるとはいえ、中に入れるときに気になっちゃうわ。ほら、デリケートな部分だしね」

中？　デリケートな部分？

首を傾《かし》げていると、蓮さんがニヤリと笑って手の平を上にし、その三本の指を曲げたり伸ばしたりする。

「えっ……そ、その動き……っ」

まさか、エッチのときの……!?

顔を熱くして固まっていると、蓮さんはニヤリと笑う。

やっぱり～……！

「もうっ！　蓮さんっ！」

「ふふ、わたしはなにも言ってないわよ？」

なんて言いながら、蓮さんは三本の指を怪しげに動かし続ける。

「その動き、やめて下さいっ！　もー……蓮さんのヘンタイッ……！」

「わたしはただ指の運動をしてるだけだもの。美乃里ちゃん、なんの動きをしてると思ったの？」

「そ、それは……」

蓮さんは指を動かしながら、イタズラっ子みたいな笑みを浮かべていた。

い、意地悪……

「ところでジェルネイルした指って、膣内に入れても大丈夫なのかしら？　舌だけだと美乃里ちゃんのいい場所に届かないときもあるし、やっぱり指も使って愛撫《あいぶ》したいもの」

「やっぱりそういう動きじゃないですかっ！　もーっ！」

「あ、バレちゃったわ。セックスのときに不安もあるし、やっぱりやめておこうかしら。でも、美乃里ちゃんの時間も欲しいしー……そうだわ。ジェルネイル分の料金も払うから、美乃里ちゃんの時間をちょうだい？　そうすれば一緒にいられるわ」

「え⁉　いえいえいえ！　それはダメです！」

「いいじゃない。わたし美乃里ちゃんと一緒にいたいもの。先週は海外ロケがあったから全然一緒にいられなかったし……ね？」

蓮さんは私のしていたマスクのガーゼ部分を引っ張ってずり下げると、チュッと唇にキスしてくる。

「んっ……」

「ね、いいでしょ？」

蓮さんは話しながら、私の手を握ったり、爪を撫《な》でたりする。触れられるたびに肌が粟立《あわだ》って、なんだか気持ちいい。

昔研修や練習で、同期や後輩からハンドマッサージを受けることはあった。でもそのとき、こんなふうな気持ちよさを感じることはなかったのに……

好きな人に触れられてるから……かな？

「でも、お金はいらないです。それで、よければ……」

「欲がないのねー。遠慮しなくていいのよ？」

「いや、遠慮とかじゃなくて……お金もらうとなんか……こんなことしてますし、そっち系の店みたいに感じてきません？」

そう突っ込むと、蓮さんがクスクス笑い出す。

「確かに！　じゃあ、今日はお言葉に甘えちゃおうかしら。あ、しなくちゃいけない仕事があったら、遠慮なくして大丈夫よ。わたしは傍《そば》にいられるだけでいいから、そんな美乃里ちゃんを黙って眺めさせてもらうわ」

「いえ、大丈夫です。あ、そうだ。さっき蓮さんがくれたお菓子でお茶しませんか？　今持ってきますね。飲み物はなにがいいですか？」

「あら、ありがとう。んー……じゃあ、さっきと同じくコーヒーで」

ネイルサロンでは、爪やジェルを削った粉が入ってしまうからと、飲み物を出さないないところもある。

でも私のサロンでは、グラスに透明フィルムで蓋《ふた》をするという工夫をして飲み物を出しているのだ。

長時間話しながら施術《せじゅつ》しているとやっぱり喉《のど》が渇《かわ》くと思うし、そうするとリラックスできない。せっかく高いお金を出して通っていただいているのだから、お客様にはできるだけ快適に過ごしてもらいたい。

テーブルの上をサッと片付けて仕事用のエプロンを外した。キッチンで飲み物の用意をしていると、蓮さんが入ってくる。

「あれ、どうしました？　コーヒーじゃないほうがよかったですか？」

「ええ、コーヒーよりも先に、美乃里ちゃんがよくなっちゃった」

「こ、ここで、ですか？　でも……」

蓮さんに触れてもらえるのは嬉しいけれど、仕事場で……というところに抵抗があって、思わず後ずさりしてしまう。でも狭いキッチンでは逃げ場所なんてない。

シンクがお尻に当たって、これ以上は逃げられなくなる。

「この一週間、美乃里ちゃんに触れられなかったから、せっかく教えてもらった女の子のこと……忘れかけてきちゃった。ね、ほんの少しだけおさらいさせて？」

「……っ……ン……」

蓮さんは唇を重ねると、すぐに深く貪《むさぼ》ってくる。コーヒーマシンが豆を挽《ひ》く音に混じってキスの水音が響く。

キスに夢中になっていると、蓮さんの手がスカートの中に潜《もぐ》り込んできて、ストッキングの上から太腿《ふともも》をしっとり撫《な》でた。

「あっ……」

「美乃里ちゃんがハンドケアしてくれた手の感触はどう？　……あ、ストッキングの上からじゃ、よくわからないかしら。これだと、どう？」

蓮さんはクスッと笑ってストッキングの中に手を入れて、内腿《うちもも》を撫《な》でてくる。

「……っ……スベスベ……ですけど、こんな確かめ方って……っ……ン……」

「爪も美乃里ちゃんが丁寧に削ってくれたからツルツルよ。ほら」

ショーツの上から指で割れ目をなぞられ、敏感な粒がある場所をカリカリと爪で引《ひ》っ掻《か》かれた。

「ひぁ……っ……！　ン……ダ、ダメ……そ、こ……弄《いじ》っちゃ……」

「感じちゃうから？」

フイッと顔を背《そむ》けると、蓮さんはそこを執拗《しつよう》に爪で攻めながら、「どうなの？」とまた意地悪な質問をしてくる。

わかってるくせに～……！

「も……っ……そういうこと、聞かないでっていつも言ってるのに……」

「だって言わせたいじゃない？　ふふ、美乃里ちゃんは、男心が全然わかってないんだから～」

「そ、そんなのわかんないですよ。というか、蓮さんは男心がわかっちゃダメですよ……完璧な女性を目指してる……んですから……」

「あ、そうだったわ。やっぱりしばらく美乃里ちゃんと会えなかったから、完璧な女性から遠ざかっちゃったみたい。ちゃんと学習し直さなくちゃ……」

ショーツとストッキングをずり下げられそうになり、私は慌ててスカートの上から、蓮さんの手を押さえる。

「……っ……れ、蓮さん、ダメ……」

「でも、わたしが帰った後もまだ仕事があるんでしょう？　濡れたままの下着で一日仕事をするのは、辛いんじゃない？」

「そ、それはそうですけど、でも、もし誰かが入ってきたら……」

もし飛び込みのお客さんが来たら？　と思うと、下着を脱がされるのは抵抗がある。

「大丈夫よ。美乃里ちゃんが飲み物の用意してくれている間に、玄関ドアの外側にかかってた看板をOPEN《オープン》からCLOSE《クローズ》に替えて、鍵も締めてきたから」

いつの間に～……！

誰も入って来ないという安心感で、手に込めていた力が抜ける。

蓮さんはその隙を見逃さずにショーツとストッキングをずり下ろし、足から引き抜いた。ショーツのクロッチ部分はすでに少し濡れていた。蓮さんも気付いたみたいで、ちょっとだけ意地悪な笑みを浮かべる。

「いつも以上に濡れるのが早いわね。職場で弄《いじ》られて、興奮しちゃった？」

「もう、蓮さんっ……！」

恥ずかしすぎてどうしようもなくなって、しゃがんでいる蓮さんの肩をバシバシ叩いてしまう。結構強めに叩いたのに、彼はニヤリと笑うばかりで少しも痛がっている様子はない。

「美乃里ちゃん、スカートの裾《すそ》を持ってくれる？　わたしにエッチなところが見えるようにね」

「えっ！　な、なんでですかっ⁉」

「せっかく塗ってもらったハンドクリームが取れちゃうから、舌でたっぷりしたいんだけど、スカートの中に潜《もぐ》ったらウィッグがずれちゃうし、汗をかいてメイクも落ちるじゃない？　だから、ね？」

そんな恥ずかしいことなんてできないと拒否していたら、蓮さんが立ち上がってふたたび私の唇を深く奪ってくる。

「ン……ぅっ……んっ……んんっ……ふ……」

蕩《とろ》けそうなキスで頭が真っ白になっていった。お腹の奥が熱を持ち、割れ目がさらに潤《うる》み出すのを感じる。

服は着ているのに、ショーツを穿《は》いていないというのは落ち着かない。しかも職場だからなおさらだ。

その一方で身体は素直に反応し、自然に足と足を擦《こす》り合わせてしまう。すると蓮さんが、足と足の間に太腿《ふともも》を潜《もぐ》り込ませてきて恥ずかしい場所に宛《あて》がい、グリグリ押してくる。

「んぅ……っ!? ふ……っ……んん……ぅ……んっ……んんっ……」

圧迫されると、焦《じ》れったい快感がじわじわ伝わってきて、ますます濡れてくるのがわかった。

「このままこうしてたら、スカートにしみができるわよ？ 仕事中はエプロンで隠せるかもしれないけれど、帰りは困っちゃうかもね？」

耳元で意地悪なことを言われ、カァッと顔が熱くなる。

でも確かに、このままだと……まずい。

「や……っ……わ、わかり……ました。も、持ちます……持ちます、から……」

蓮さんの言う通りにスカートの裾《すそ》を持って、恐る恐る上げてみる。

火照《ほて》っていた場所を冷たい空気が撫《な》でた。彼が満足そうに笑ってしゃがみ込むと、熱を孕《はら》んだ視線でそこをなぞるので、ゾクゾクした。

恥ずかしいのに、どうしてこんなにも昂《たか》ぶってしまうのだろう。

さっき蓮さんのことを「ヘンタイ」って言ったけど、恥ずかしさすら興奮に変えてしまう私は、もっとヘンタイなのかもしれない。

両手の親指で割れ目を開かれると、クチュッとエッチな音が聞こえてきた。

「……っ……れ、蓮さん、待って……お風呂に入ってからじゃないと、舌はやだ……」

朝はシャワーを浴びてきたけれど、やっぱり気になる。

「初めてのときもお風呂に入らないまま舐《な》めたじゃない。……ね？」

「あのときは酔ってたから、そこまで気が回らなかったし、まさか舐《な》められると思ってなくて……でも、今は……ぁっ……!?」

だから今日はダメだと説明する前に、蓮さんが味見するように割れ目をペロリと舐《な》めた。

「ふふ、美味《おい》しい」

「な、なんで喋《しゃべ》ってる途中に舐《な》め……っ……ひぁんっ……！　あっ……ダ、ダメですってば……っ……ぁ……っ……あぁんっ……！」

蓮さんはダメだと言う私の制止も聞かず、チュパチュパと音を立てながら敏感な粒を舐《な》め上げていく。

そんなふうにされたら、我慢できない……もっとして欲しくなる。途中でやめられたら、泣いてしまいそうだ。

「んっ……ぁっ……んんっ……ふっ……ぁんっ……」

柔らかくて弾力のある唇に挟まれ、小刻みに震わされると激しい刺激が襲ってきて、膝から崩れ落ちそうになる。

ダメ……

このまま崩れ落ちたりしたら、恥ずかしい場所を蓮さんの顔に押し付けることになるかもしれない。それにこの刺激の続きが、もっと欲しい。

「は……んっ……んっ……んぅっ……ン……ぁっ……ぁんっ……」

蓮さんの肩に手を突いて、なんとか崩れ落ちないように耐えた。快感の波に押し上げられて、そこを掴《つか》む指に力が入る。

もう少しでイキそうだというところになると、蓮さんは刺激を与えるのをやめ、治まるとまた刺激を与え始め、イキそうになるとまたやめる……ということを繰り返した。

「……っ……や……な、なんで……」

焦《じ》らされ続けた身体は、煮詰めすぎた野菜のようにグズグズになっていた。

眦《まなじり》には自然と涙が浮かんでいる。

またイキそうになったとき、蓮さんはそこから顔を離して私を見上げた。彼はグロスのように唇に付いた愛液を舐《な》めてクスッと笑う。

「わたしに焦《じ》らされて泣いちゃいそうな美乃里ちゃん、最高に可愛《かわい》いわ。ずーっとこうして焦《じ》らしていたいぐらい」

「も……っ……蓮さん……っ！」

どうにかなりそうな身体を持て余しながら、私は抗議の声を上げた。でも蓮さんは、全然気にしていない様子で楽しそうに笑っている。

「ねえ、美乃里ちゃん。焦《じ》らされた分、イッたときは最高に気持ちいいと思うんだけど、美乃里ちゃんはどう思う？」

彼は立ち上がると、ポケットに忍《しの》ばせていたコンドームを出して自身に装着した。

「蓮さん、なんで、それ……」

もしかして、今日は最初からこうするつもりで……!?

「『そういえば、もうすぐなくなっちゃうわー』と思って、ここへ来る前に買っておいたのよ。今、もしかして今日は下心があったんじゃ……？　って思ったでしょう？」

「お、思ってませんよ？　きゃっ⁉」

蓮さんにジトリと見つめられ、思わず視線を逸《そ》らす。すると片足を大きく持ち上げられて、バランスを崩しそうになった私は蓮さんの身体にしがみ付いた。

「ふふ、思ってたくせに。嘘吐くなんて、美乃里ちゃんったら悪い子ね。今日はわたし、本当に純粋にハンドマッサージをしてもらうつもりで来たんだから」

転ぶと思ったけれど、シンクの縁《ふち》にお尻が当たっているし、蓮さんがしっかりと腰を支えているから、その心配はなさそうだ。

ホッとしていると、はち切れそうなほど大きくなった欲望を膣口に宛《あて》がわれ、グッと奥まで突き入れられた。

「ひぁ……っ⁉」

一気に入れられた衝撃で、焦《じ》らされ続けていた身体はあっという間に絶頂へと押し上げられた。

「入れただけでイッちゃったんだ。美乃里ちゃんってば、相変わらず感じやすいんだな。……なぁ、焦《じ》らされ続けてイッた感想はどう？　気持ちいい？　こういうときに女の子がどうなるのか、具体的に教えてよ」

「も……っ……蓮さんの、意地悪……っ……そ、れに……また、喋《しゃべ》り方……」

「あらあら、いけない。やっぱりしばらく勉強してないとダメね。美乃里ちゃんでしっかりおさらいしない――……と」

蓮さんは意地悪な笑みを浮かべ、激しく腰を振り始める。

「や……っ……ダ、ダメ……い、今、動いたら……あンッ！　んっ……ぁ……っ……ぁン……！」

イッたばかりの膣道に、休む間もなく強い刺激が与えられ続けた。

不安定な体勢では身動きさえもできず、ただただ刺激を受け止めるしかない。

激しく揺さぶられるとヘアクリップがずれて、パラパラと髪が落ちてきた。汗ばんだ首や鎖骨にくっつく。

「髪、解《ほど》けてきちゃったね。それに汗と涙でメイクも崩れてる」

「ん……っ……ど、し……よ……今日、化粧ポーチ……忘れちゃっ……ぁっ……んんっ……！」

「後で俺がキレイに直してあげるよ。だから、思いっきり乱していいよね？」

最奥をグリグリ擦《こす》られ、肌がぶわりと粟立《あわだ》つ。

「……っ……ん……や……やだって言っても、する……くせに……」

「さすが、美乃里ちゃん。よくわかってるね？　すごい、すごい」

私が『嫌だ』なんて断らないことも、蓮さんにはわかっているのだろうか。

「も……っ……そんな褒《ほ》められ方、嬉しくないですっ……！」

必死に抗議しても蓮さんは意地悪な笑みを浮かべて、ますます腰遣いを激しくするばかりだった。

終わる頃には黙っていても膝がガクガク震えるようになり、コーヒーはすっかり冷めきっていた。

けれど、蓮さんは「普通に淹《い》れてもらったコーヒーよりも美味《おい》しい」と言って、そのコーヒーをすべて飲み干してくれる。

彼に抱かれた後はいつも胸の中が満たされていて、でもこの関係はいつか終わると思ったら、ポッカリ穴が空いたみたいになる。

抱いてもらってその穴を塞《ふさ》いで、また穴が空いて、その繰り返し……キリがない。

この穴が空いたままになってしまう日が、いつか必ず訪れると思うと胸が苦しくて堪《たま》らない。

そのとき私は、どうなってしまうんだろう。

◆◇◆

「はー……もったいないことしちゃったなぁ～」

家に帰ってシャワーを浴びた私は、濡れた髪と基礎化粧品を付け終えた顔を見て、大きなため息を吐く。

あの後、蓮さんは約束通り髪とメイクを直してくれた。

見苦しくないようにする程度だと思ったのに、見違えるほど素晴らしいヘアメイクをしてくれたのだ。しかも所要時間は十分もかかっていない。

蓮さんって、本当にすごいなぁ～……

時刻はもうすぐ十二時を回るところだ。

今日は早朝から働いてたって言ってたし、きっと今頃夢の中なのかな？　それとも風間くんと会ってたりして……

それにしても、どうして蓮さんは私を抱けるんだろう。

完璧な女性を目指したいんでしょ？　それなら男性と付き合ったとき、男性じゃなくて、女性側になるわけだよね？

両方いけるバイかなぁって思ったけど、女の子を抱くのは私が初めてだって言うし……ということは違うんだよね？　じゃあ、なんで私のこと抱けるの？

「ううーん……」

蓮さんの気持ちや考えなんて本人じゃないとわからないのに、時間があるとついこんなことを考えてしまう。

私はネイルが好きということもあって、男の子に生まれてきたらよかったー！　なんて考えたことは一度もなかったけれど、今初めて思う。

蓮さんに好きになってもらえる可能性があるなら、男に生まれてきたかったなぁ〜……

何気なく髪をうしろでまとめて、鏡を覗《のぞ》いてみる。

あ、これって、ちょっとだけ、男っぽくない？

見た目を男性っぽくしたら、ちょっとはグラッときてくれないかな？　なんて思って、その日からしばらくの間、胸の下まである髪の毛をショートヘアに見えるように、服装もユニセックスなものを選ぶようにして男性っぽく見えるように努めてみた。

スタイルにあまり自信がない私は、いつもはスカートやワンピースばかりで、パンツなんて滅多に穿《は》かない。だけど細身のパンツにも初挑戦した。

正直落ち着かないし、長い髪のほうが好き。……だけど、蓮さんに気に入ってもらえたらバッサリ短く切って、服装も全部変えちゃおうかな……

そうして男らしい格好を追求していたある日のこと。蓮さんに『今夜、美乃里ちゃんのお家《うち》へ泊まりに行ってもいい？』と連絡を受けた。

「お邪魔《じゃま》しまーす。あらあら？　美乃里ちゃん。イメチェン？　アップもパンツスタイルも可愛《かわい》いわ」

私は、極力男性っぽい髪型と服装で出迎えたのだけど……

「か、可愛《かわい》い、ですか？　えっと、男性みたいに見えませんか？　なんて……」

「ううん、そんなことないわ。とっても可愛《かわい》い」

残念ながら、成果はイマイチだった……

「そういえばわたし、美乃里ちゃんのパンツスタイルって初めて見たわ。女の子らしいスタイルも似合うけど、こういうのも逆に女の子っぽくて可愛《かわい》いわ」

「えっ！　どこがですか⁉」

「んー？　アップスタイルにすることによって見えるうなじとか、首筋とか……パンツだと、お尻や足の形がくっきり見えて色っぽいわよね。最高にそそられるわ」

蓮さんは部屋に入るなり私を抱きしめてきて、お尻を撫《な》でてくる。

「ひゃっ……！」

「ふふ、引き締まってて、いいお尻。男のお尻はこんなにプリッとしてないもの。……あームラムラしてきちゃったわ。会って早々わたしを欲情させるなんて、イケナイ子ね。責任、取ってもらわないとね？」

「えっ……！　あっ……ちょ、ちょっと、待って……蓮さん……っ……ン……ぅ……」

蓮さんはすぐさま私をベッドに押し倒すと、唇を奪いながらカットソーの中に手を入れて、ブラの上から胸を揉《も》んでくる。

「どんなに男っぽい服を着ても、ここが特に女の子よね」

ブラの上から胸の先端がある場所を爪でカリカリ引《ひ》っ掻《か》かれると、カップの中で尖《とが》っていくのがわかる。

「……は……ぅ……ン……れ、蓮さん、待って……」

「待てないよ。美乃里ちゃんが煽《あお》ってきたんだから、仕方ないだろ？」

「ま、また、喋《しゃべ》り方が……っ……ン……ぁ……」

カップの中に指が潜《もぐ》り込んできて、尖《とが》り始めた胸の先端をクリクリと転がされると、理性がちっとも働いてくれない。

抱いてもらえるのは嬉しいけど、これじゃまた女性のことを教えることとなり、目標と大きくずれてしまった。

◆◇◆

蓮さんはとても疲れていたみたいで、エッチした後、そのまま眠ってしまった。いつもは『肌が荒れるから、メイクはすぐに落とさなくちゃ！』と言うのに、メイクもしてるし、ウィッグも被《かぶ》ったままだ。よほど疲れていたらしい。

不規則な仕事なのに、私の予定に合わせて小まめに会ってくれているのだからそうなって当然だ。

それなのに決して態度に出さず、いつも笑顔でいる蓮さんがすごい。

私なら、仕事でお客様と接してるときは別として、プライベートになれば自然と表情に出てしまうだろう。

尊敬すると同時に、こういうところ……好きだなぁって思う。それから、私の前では疲れた顔を見せて欲しいとも思う。

風間くんと付き合うようになったら、そういう顔も見せるのかな……？

気が付くとそんなことばかり考えてしまい、ふるふると首を左右に振って気持ちを切り替える。

カットソーとショーツだけを身に着け、拭いて落とすタイプのクレンジングシートを持ってきた。

せめてメイクを落としてあげようと思ったのだけれど、蓮さんはうつぶせで眠っているから落とすのは難しそうだ。ならばウィッグだけでも……

「失礼しま～す……」

起こさないように、そーっと、そぉ～っと……

よし、とりあえずウィッグは外せた。

地毛を覆《おお》っていたネットやヘアピンを、なくさないようにウィッグと一緒にテーブルに並べる。

蓮さんのスマホが床に転がっているのも発見したので、同じくテーブルに置いておいた。かがんだ拍子に落ちてきた髪を耳にかけると、指先にピンが当たる。

「ん？　あっ」

そういえば私も今日、髪をアップにするために、たくさんヘアピンを使ってたんだった。

エッチして乱れた髪の至るところからピンが飛び出ている。全部外すと跡が付いていて、かなり悲惨《ひさん》な状態だ。

メイクもドロドロだし、汗もかいたし、蓮さんが寝てる間にシャワー浴びてきちゃおう。

彼を起こさないようにそっとバスルームへ向かい、汗とドロドロメイクを洗い流した。

部屋に戻ってきても、蓮さんはぐっすり眠っているようだ。

起こしてしまいそうだから、ドライヤーをかけるのはやめて、自然乾燥にしよう。

タオルドライをしながら、退屈しのぎにノートパソコンを開いて、ネットサーフィンをしてみる。

普段も髪を乾かす時間が暇なので、片手にドライヤーを持ち、空いている手でマウスやキーボードを操作して、ネットサーフィンをしながら乾かしているのだ。

いつもならネイルデザインの画像や、ニュースサイトをチェックすることが多いのだけど、今日は『女性　男性っぽくなるには』と打って検索していた。

でも出てくるのは、私の求める情報じゃない。

『こういうのも逆に女の子っぽくて可愛《かわい》いわ』

蓮さんの言葉を思い出すと、大きなため息が出た。

今日の格好、私なりに精一杯の努力したんだけどな〜……

出てくるページをひたすらクリックしていくと、中性的な印象を持つイケメンの画像に辿《たど》り着いた。

ちょっとだけ、風間くんに似てるなー……と思っていたら、衝撃的な文章が目に飛び込んできた。

「えっ……！」

そこには『元女性になんて見える？』という見出しと共に、このイケメンが実は女性であること、そして性転換の手術を受けて、見た目だけではなく身体も男性になったのだと書かれていた。

「す、すごい……」

こんなにイケメンなのに、元女性だなんて……！

現代医学の技《わざ》に驚愕《きょうがく》しながらも、『性転換　女性から男性』と入力して検索をかけていく。

あーあ、私も男に生まれてたらよかったのに……だなんて考えてたけれど、なにを弱気になっていたのだろう。

ネガティブになるなんて、私らしくない！

タオルドライする手を止めて、食い入るように検索結果を眺めていく。

本当に、すごい……！

「私もイケメン……とまではいかないけど、男の人になれちゃうかもっ……！」

医学の発展に、驚愕《きょうがく》を通り越して感動を覚えていると、蓮さんにうしろからギュウッと抱きしめられた。

「ええ？　なぁに？　美乃里ちゃん、男になりたいの？」

「うひゃぁっ⁉　えっ⁉　れ、蓮さん、いつの間に起きたんですか⁉」

「んー……ちょっと前から。そうしたら美乃里ちゃんがなにかを真剣に見てるから、エッチなサイトでも見てるのかしら？　と思ってワクワクして覗《のぞ》き込んだのに……全然違うんだものー。ガッカリ」

「そ、そんなサイト見るわけないじゃないですかっ！　もう……」

慌ててノートパソコンを閉じると、蓮さんが私の濡れた髪の間から見えているうなじに、チュッと唇を押し当ててくる。

「ふふ、美乃里ちゃん。いい匂い」

「……っ……ン……くすぐった……」

「ねぇ、随分《ずいぶん》真剣だったけど、どうしたの？」

「そ、れは……」

心臓がすごい音を立てて脈打っている。

「うん、それは？」

「あの、ね、蓮さん……もし私が、男の人になったら……どう、しますか？」

恐る恐る尋ねると、蓮さんの動きが一瞬止まる。

「ええ？　そんなの嫌よ。美乃里ちゃんは、女の子のままでいて欲しいわ」

たとえ男性になろうと、私のことは端《はな》から恋愛対象じゃないってこと？

差し込んでいた希望の光がスゥッと消え、代わりに暗雲が立ち込めて大雨が降ってきたみたいだった。

「そ、そうですか」

「ふふ、急にどうしたの？」

「いえ、なんでもないです。ただ、聞いてみたかっただけで……」

密《ひそ》かにショックを受けていると、テーブルに置いていた蓮さんのスマホがブルブル震える。目が反射的に動いて、画面を見てしまう。

『着信：風間翔太』という文字を見た瞬間、いまだに蓮さんの熱さを灯《とも》したままだった身体が冷たくなっていくのがわかった。

「あ……」

「あら、また翔太からだわ。もう、仕方がない子ねぇ……」

心底困っている……という声じゃない。とても柔らかくて、どこか嬉しそうなトーンだ。

「……出なくても、いいんですか？」

「ふふ、うん、いいの」

私と一緒にいるときに出ないのは、もしかして風間くんに誤解を与えたくないから？

……というか、そうとしか思えない。

やっぱり蓮さんは、風間くんが好き……なの？

聞いてみたいけれど、怖くて開きかけた口を閉じる。

「うわ、メイクがドロドロだわ～……わたし、うっかり寝ちゃったのね。あ、ウィッグ外してくれたの？　ありがとう。シャワー借りてもいいかしら？」

「……はい、どうぞ」

着替えとタオルを持ってバスルームへ向かう蓮さんの背中をぼんやりと見つめ、彼がドアを閉めるのと同時に大きなため息を吐いた。

——私じゃどう頑張っても、風間くんには敵《かな》わない……

第四章　初めてのサヨナラ

翌日、いつも通りお客様の施術《せじゅつ》を終えた私は次のお客様を迎える準備を整え、束《つか》の間《ま》の休憩を取っていた。

次のお客様は井上《いのうえ》ジュン様……新規の方で、ハンドケアメニュー……っと。

予約は十八時からだけど、もう十八時三十分だ。

管理画面で予約を再度確認し、店の電話に不在着信が残っていないことを確かめる。

「どうしたのかなー……」

たまに、予約したものの、連絡ナシで来店しないお客様もいたり、純粋に予約したこと自体を忘れているお客様もいる。

予約時間を三十分越えた場合は確認の連絡をすることにしているので、電話機に手を伸ばす。そのとき、玄関ドアの開く音が聞こえた。

「いらっしゃいま……」

あれ？

「遅れてすみませんでしたー」

てっきり女性のお客様かと思っていたけど、入ってきたのは男性だった。蓮さんに続いて二人目だ。

細身の男性で、帽子を目深《まぶか》に被《かぶ》った上にサングラスとマスクといった重装備で、少し身構えてしまう。

お、お客様だよね？　強盗《ごうとう》とかじゃないよね？　今、「遅れてすみませんでした」って言ったよね？

最近ニュースで見た物騒《ぶっそう》な事件の数々を思い出し、血《ち》の気《け》がサァッと引く。

「い、井上様、お待ちしておりました。本日担当させていただきます、村瀬と申します。こちらのお席へどうぞ。お荷物は足元のカゴにお入れください」

「ありがとうございますー」

否定しないということは、本当に井上様のようだ。

よかった……

彼は荷物を置くと、帽子を脱いでサングラスを外す。

「ふー……さすがにこの格好は暑いなー……」

彼は帽子で押さえ付けていた髪を指先でワシャワシャと直しながら、マスクも取った。

「もう、すっかり夏ですもんね。あ、お支度が終わりましたら、こちらのカルテにお名前、ご住所、お電話番号のご記入をお願い致します。残りは差し支えのないところまでで結構です」

バインダーに挟んだカルテとボールペンを彼に手渡したとき、バチッと目が合った。

……んんっ⁉

茶髪でフワフワの髪に、黒目がちな大きな目……

え？　あれ？　もしかしてこの人って、いや、もしかしなくても……

よく見かける顔が不意打ちで現れ、落っこちちゃうんじゃないかってぐらい目を見開いてしまう。

「え……？　あの、風間翔太さん、ですか？」

「あ、僕のこと知ってくれてたんだ。うん、そうだよ。井上ジュンは本名で、芸名は風間翔太でーす」

「う、嘘っ……えっ⁉　な、なんでうちの店に……」

「あはは、実は蓮さんから聞いて来たんだ」

「え、れ……青山様から、ですか？」

危ない。いつもの調子で、『蓮さん』って呼んじゃうところだった。

お客様なのに、名前で呼ぶのは……多分、おかしい。いや、同性のお客様ならそこまで思わないかもしれないけど、うしろめたい気持ちもあってヒヤッとした。

「うん、蓮さんって僕のヘアメイクを担当してくれてるんだけど、最近いつも以上に指がキレイな気がして聞いたら、ネイルサロンに通ってるって話になったんだよねー。蓮さんが通うサロンって、どんなとこなのかすごく気になっちゃって。僕も予約してみたんだ」

「そうだったんですね。ご興味を持っていただけて嬉しいです。ありがとうございます」

「ああ、いや、サロンじゃなくて、蓮さんが通うってところに興味を持っただけだよ」

ん……？

なんだか言い方に、トゲがあったような気がした。

「えっと、お飲み物をご用意いたしますね。こちらメニューになります」

「んー……蓮さんは、なにを頼んだの？」

「青山様は、コーヒーでした」

「んじゃ、僕もコーヒーで」

「かしこまりました」

今まで持っていた疑心が、確信に変わる。

少し話しただけでわかった。この人、絶対蓮さんのこと好きだ……！

コーヒーを持って帰ってくると、もう書き終えていたみたいでカルテをテーブルの上に置いて、スマホを弄《いじ》っていた。

「お待たせしました」

「ありがとー。あ、これ、カルテできたよ」

「ありがとうございます」

受け取って目を通すと、名前だけしか書いていなかった。芸能人だし、個人情報の扱いには敏感なのかな？

爪の形などの希望を聞いて、施術《せじゅつ》を始めていく。

蓮さんのおかげか、初めて彼を相手にしたときのような緊張は感じなかった。いつも通り施術《せじゅつ》できている。なのに、ものすごく視線を感じる。

こうしてケアしていると、たいていのお客様は手元に視線を置くのだけど、彼は私の顔をジィッと見ているようだ。

な、なんだろう。

好意的な視線では、まったくないことだけはわかる。

じっとりと品定めされているような……その中に敵意を感じるような……

「ねぇ、村瀬さん」

「はい？」

「単刀直入に聞くね。正直に答えて欲しいんだけど、蓮さんと、どういう関係なの？」

「……えっ⁉」

「だーかーら、村瀬さんと蓮さんは、どういう関係なの？　って聞いてるの。友達、知人、恋人……色々あるでしょ？」

『恋人』と言うときだけ、すごく声が低くなった。

女性のことを知るために……ということで期間限定ではあるけれど、蓮さんと私は一応付き合っている。

でも、目の前にいる人は、蓮さんの好きな人かもしれないのだ。

彼からは蓮さんに対する好意がにじみ出ているし、もしかしたら彼もゲイなんじゃ……？　それならきっと二人は両想いなのだろう。私が正直に恋人だと言えば、仲を引き裂くようなことになってしまうかもしれない。

……ということを、瞬《まばた》き一回分ぐらいの時間で考えた。

とにかく本当のことを言うのは、ＮＧ！

「え、えっと、友人なんですよ。ほら、ジャンルは違うとはいえど、お互い仕事が美容系じゃないですか？　色々と意気投合しまして……」

「あ、そうなんだぁ！　よかった！　今までネイルに興味なんて持ってなかったのに、急にここへ通い出したって聞いたから、もしかしてなにかの間違いで女に興味が湧いちゃったのかと思っただけど、違ったんだ」

風間くんは左手で胸を押さえ、ホッと安堵《あんど》のため息をこぼす。

「あ、蓮さんが本当は男で、ゲイだってこと、知ってるよね？　実は僕もゲイなんだー」

やっぱり――……！

でも、どうして私に教えてくれるんだろう。

ゲイをカミングアウトする芸能人もたくさんいるとはいえ、女性のファンが多いアイドルなんだから、こういうデリケートなことは隠しそうなものだけど……

「どうして自分にこんな話するのかな～って思ってる？」

ギクリとする。

仕事中は顔色を変えないように努めているはずなのに、動揺が表情に出てしまっていたのだろうか。

「いいえ、そんなことは……」

「またまたぁ～！　普通は思うでしょ。普段は僕もこんなこと話さないよ？　でも、こういう仕事をしている人ってお客さんの話を人にベラベラ話さないでしょ？」

「はい、それはもちろん」

「でしょ？　それになにより蓮さんが友達になるくらいなんだから、信用してるんだよ。僕、蓮さんが大好きだからさ」

サラリと言った……！

いや、でも、人間として尊敬してるって意味での大好き？　それとも……

どう反応していいか困りながら施術《せじゅつ》していると、

「あ、大好きって、恋愛対象としての『好き』って意味ね」

と付け加えられた。

やっぱり、そういう意味だったんだ！　……なんだ。蓮さんと風間くん、両想いなんじゃない……

胸の中がざわついて、仕事中なのに顔が引きつる。マスクがあってよかった……

「そ、う……なんですね」

まだ蓮さんが風間くんを好きなのかはわからない。ハッキリさせたくなかったからあえて聞いてないけれど、彼からのメッセージを見る蓮さんはとても嬉しそうだった。

「蓮さんもそうだけど、僕の周りの人も何人かここのサロンに通ってるんだって。店長はネイルの腕も確かで、恋愛相談を受けるのがすごく得意だってみんなが言ってたし、僕の話も聞いてもらいたいなぁって思って」

好きな人の好きな人から恋愛相談を受けるなんて、これってどんな状況……!?

すごく嫌だけど、嫌と言えない立場だ。

でも、言いたい……！　受けられないって、言いたい……！

引きつった顔で「ご期待に添えるかはわかりませんが、私でよろしければ……」と答えようとする。だけどそれよりも先に、風間くんが話し始める。

風間くんって、結構マイペース……!?

「蓮さんってねー……長く続いた恋人、今まで一人もいないんだって」

なんだか、意外だ。どんなに忙しくても、少しでも会う時間を作ってくれるし、むしろ長続きしそうなイメージだけど……

「長く続いたことがないって、どれくらいですか？」

「最高三か月だって」

「短っ！」

え、私と付き合い始めてからもうすぐ二か月ほどが経つけど、じきに振られるってこと？

いつか別れが来るのはわかっていたけれど、具体的な時期を突きつけられると胸が押しつぶされるように苦しくて、泣きそうになる。

泣いちゃダメ！　仕事中！

眉間《みけん》に力を入れて、涙をグッと堪《こら》えた。仕事中じゃなかったら、確実に泣いてしまっていたに違いない。

「でもそれには理由があってね。蓮さん、初恋の人が忘れられないんだって。一見クール美人なのに、そういうピュアなところが堪《たま》らないんだよね〜……」

初恋の人……

全然知らなかった。蓮さん、風間くんにはそういうこと、教えるんだ。

泣きそうな上に、胸がジクジク痛む。

「初恋の人って、昔の恋人……ですか？」

「何度聞いても詳しくは教えてもらえなかったんだ。だけどすっごくしつこく聞いたら、ただ一方的に想ってただけで、付き合ってたわけじゃないって」

「どんな人なんですか？」

「年下で、勇気があって、純粋で、過去に偶然出会った人で、結構最近ようやく再会できた人なんだってっ！」

ん？　つまり蓮さんは、風間くんのことは好きだけど、忘れられない初恋の人が別にいるってこと？

蓮さんの特別な人の話を口にしているというのに、風間くんはウキウキした様子。どんどん暗くなる私とは対照的だ。

心が広いのかな？　それとも私の心が狭いだけ？

というか、「最近」ようやく再会できた……？　じゃあ、蓮さんの好きな人は、風間くんじゃないの？

「井上様はそのお話を聞いて、平気なんですか？」

「うん、全然平気。むしろ嬉しかったよ」

やっぱり私、心が狭いのかな……と思っていたら、次の一言に驚愕《きょうがく》する。

「だってその初恋の人って、僕のことなんだもん」

「えぇっ⁉」

ど、どういうこと⁉

目を大きく見開く私を見て、風間くんは施術《せじゅつ》していないほうの手で頬杖を突き、幸せそうに笑う。

「六年くらい前かな？　蓮さんに会って、話したことあるんだよねー」

それは、風間くんが事務所のオーディションに訪れたときのことらしい。

オーディションは当時の人気テレビ番組とタイアップしていて、テレビ局のスタジオで行《おこな》われたそうだ。

風間くんが待ち時間にトイレに向かって歩いているとき、たまたますれ違った蓮さんが、ポケットからリップを落としたのだという。

蓮さんがそのことに気付かないまま通りすぎようとしたので、風間くんはリップを拾って声をかけたらしい。

「そのときに初めて蓮さんの顔を見たんだけど、もうドキィ！　ってしちゃって。僕、女性にときめいたことなんて一度もなかったからもうビックリ！　最初は女の人だって思ってたし、オーディションのまっただ中だったから、それ以上なにかを考える余裕なんて全然なかったけどさ。今思うと見た目は完璧な女性に見えても、本能的に男だってわかったんだろうね」

本能って、すごい……！

「でも、どうしてご自分が蓮さんの初恋の人だって思ったんですか？」

「蓮さんから聞いた初恋の人の特徴って全部僕に当てはまるんだよね。まずは過去に一度だけ会ったことがある、はクリアでしょ？　んでつい最近再会したってのもクリア。蓮さんが僕の担当になったのって実はつい最近なんだ」

「え、そうなんですか？」

「うん、今まで担当してくれてた人が結婚して退職するからって、蓮さんになったんだよね。んで、勇気があるっていうのも、初めて会ったときに言われたんだ。リップを拾ったときに少しだけ会話してさ。アイドルになりたくて、地方から家出同然でオーディションに来たってことを言ったら、『ナイスファイト！　勇気あるわね。根性ありそうだし、あなたみたいな子がアイドルになったら、きっと人気出ると思うわ』って言ってくれたんだよね」

当時のことを思い出してときめいているのか、風間くんは頬を赤らめて切なげなため息をこぼす。

「それから、この前サンタをいつまで信じてたかって話になってさ。中二まで信じてたって言ったら、純粋だって言われたし、年下だし……もう聞けば聞くほど僕って感じ！　っていうかこの初恋の人の話をしてくれたのも、僕に意識して欲しいからじゃない？　って思い始めてさー……」

あまりにもショックすぎて、相槌《あいづち》を打つのが精一杯だった。

「両想いだってわかってるけど、想いが通じ合う前のこの状況も楽しかったんだ。でもフリーのまだと、今回みたいに『村瀬さんのことを好きになったんじゃ!?』っていう心配も出てくるじゃない？　だからそろそろちゃんと恋人になるべきじゃないかなぁって……村瀬さんならどうする？今のままの状況を楽しむ？　それともちゃんと恋人になる？」

「……え……と」

「うん？」

ちゃんと答えないと、変に思われちゃう。

「……私、なら……ちゃんと恋人になります」

いつもは『恋愛経験豊富な私の友達だったら、なんて答えるか』と考えて話すけれど、今回に至っては頭が真っ白で、それしか答えが出てこなかった。

「うん、そうだよねっ！　よし、じゃあ近々告白しちゃおっ！　村瀬さん、ありがとっ！」

大したアドバイスもできなかったのに、『噂通り恋愛相談の達人だね！　手も爪もキレイになったし、心もスッキリした～！　ありがとっ！』と言って、風間くんは帰って行った。

「……っ……」

風間くんが帰った後、まだ勤務時間中なのに涙が溢《あふ》れだした。

この後、予約が入ってなくてよかった……

泣いていると、エプロンの中に入れていたスマホが震えた。

涙を拭《ぬぐ》いながらスマホを確かめると、ちょうど蓮さんからの連絡でドキッとする。

『美乃里ちゃん、お疲れ様。今度のお休みの日、よかったら映画に行かない？』

メッセージだった。

「蓮さん……」

会いたい――

考えるよりも先に、指が動く。気が付くと、『行きます』と返事を送っていた。

どうせ振られちゃうのに、これ以上一緒にいる時間を重ねてどうするの？　辛くなるだけなのに……

複雑な気持ちが押し寄せてくるけれど、返事を撤回《てっかい》する気にはなれなかった。

蓮さんに会いたい――会えるチャンスを一度も逃したくない。

たとえ振られるとわかっていても……

蓮さんと一緒に過ごした思い出を増やすことで、振られた後により辛くなるだろう。でもやっぱり蓮さんに会いたい。

◆◇◆

風間くんがお店に来てから数日後。私たちは直接映画館で待ち合わせることにした。

今流行《はや》っている恋愛映画を観ようというので、昨日寝る前に、予習がてらその映画のサイトや、評判を調べてみたのだけど……うっかりネタバレを書いているブログに辿《たど》り着いてしまった。

どうやら映画の最後は、両想いなのに男性が去っていって離れ離れになるという、切ないラブストーリーのようだ。

ああ、どうしよう……

普段なら切ない悲恋を題材にした作品は苦手じゃないけど、今はちょっと間が悪い。自分を主人公に重ねて、さらなるダメージを受けかねない。感情移入しないように気を付けなくては……

待ち合わせ時間まで、あと少しだ。映画館に設置されているベンチに座って蓮さんを待つ。なるべく気分を上げるためにスマホでネイルデザインを検索して眺めていた。

いつもならこうしているとワクワクするのに、なんだか今日はどんな素敵なデザインを見ても目が滑《すべ》る。なにを見ても、いつか訪れる蓮さんとの別れを想像してしまう。

蓮さんと付き合って約二か月……私たちは好き合って恋人になったわけじゃない。お互いメリットがあったわけだから普通の付き合い方とは違う。風間くんが言っていた三か月以内に別れる法則が当てはまるかはわからないけれど、もしそうだとすればあともう少しで別れることになる。

別れが間近にあるときって、予兆とかあるのかな……

友達からは、振られる前に彼が冷たくなったとか、彼がいつもと違う行動に走って違和感を覚えた……なんて話を聞いたことあるけど、蓮さんはどうだろう。

「美乃里ちゃん、お待たせ。早いな、もう着いてたんだ」

俯《うつむ》いていると、蓮さんの低い声が頭上から聞こえた。

「もう、蓮さんまた男の人みたいな喋《しゃべ》り方に……」

顔を上げると、メンズ服に身を包んだ蓮さんが立っていた。

「うん、今日はメイクもしてないし、問題ないかなーと思って」

「えっ……！　なんで女《じょ》っ……」

思わず大きな声が出てしまい、途中で言葉を止めて小声で言い直す。

「なんで女装してないんですか？」

「そろそろ次のステップに行ったほうがいいと思って」

「ステップ？」

「俺が女装してると、美乃里ちゃん、同性と一緒にいるように気を抜くことがあるだろ？」

言われてみると、確かにそういうところがあるかもしれない。……まあ、エッチなことに発展するときは、蓮さんがどんな格好であろうとも気が抜けないけれど。

「でもそれじゃ、男性不信を克服できないと思って。俺がノーメイクになると多少身構えてるみたいだし、今日は克服プログラムってことで、女装してない俺とデートしようよ」

次のステップってことは、また別のステップがあって、全部クリアしたら終わりってこと？　三か月経つまでに終わらせようとしてる？

これが予兆――？

というか、そもそもこの次になんらかのステップがあるとは限らない。これが最後のステップなのかもしれない。いや、風間くんが蓮さんに告白して両想いになれば、三か月を待たずして私は振られるのだろう。

あ、どうしよう。今すぐ泣きそう。

とても風が強い日に、すごく高い崖《がけ》の端《はし》ギリギリに立っているみたいだ。いつ突風が吹いて、落ちるかわからない。でもそこを動くことは許されない。そんな気分。怖くて堪《たま》らない。

どうしよう。泣きそうだし、やっぱり今日は帰ったほうがいい？

でも、次があるかなんてわからない。これが最後の思い出になる可能性だってある。

やっぱり帰らない……っ！　気持ちを立て直さなくちゃ！

「もうチケットは買ってあるから、飲み物買って入ろうか」

なんとか持ち直そうとするものの、このままだと泣きそうになっていることに気付かれてしまうかもしれない。

「は、はい、あの、トイレに行ってからでも、いいですか？」

「もちろん。じゃあ、買っておくよ。なにがいい？」

オレンジジュースをお願いして、トイレの個室に入る。両頬を叩き、なんとか気持ちを立て直して戻ると、蓮さんはトイレ近くのベンチに座って待っていてくれた。

ただ座っているだけなのに、雑誌に載ってるモデルみたいにカッコいい。

裸や部屋着は何度も見たことがあったけど、男性らしい格好をした蓮さんを外で目にするのは、初めてだ。いや、正確に言うと、初めてサロンに来てくれたときや焼肉に行ったときも男性バージョンだった。でもあのときは余裕がなかったというか、緊張してしまうからあまり見ないようにしていたというか……とにかくちゃんと見られていなかった。

いつもはスカーフに隠れている首筋とか、すっごく長い足を組んでるところとか、彼全体を取り巻く雰囲気とか、なにもかもキラキラしていて、見ていると胸が苦しくなる。

これが最後かもしれないし、ちゃんと目に焼き付けておかないと……！　……なんて思ったら、また泣きそうになった。

……ダメダメ！　ちゃんと気持ち、切り替えなくちゃ。

「蓮さん、お待たせしました。チケットとジュースのお金払いますね。えっと、いくらで……」

「ううん、いらないよ」

「いや、でもそんなわけには……」

「じゃあ、今度出かけたときになにかおごってもらおうかな」

『今度』という言葉に、また次もあるんだって期待して胸が弾む。

ううん、でも、「また今度遊ぼうね！」って言って、そのまま何年も会わない友達だっているし、社交辞令ってこともある。

期待しすぎると、ダメだったときに受ける傷が大きくなってしまう。あんまり喜ばないようにしないと。

「入場開始したね。そろそろ入ろうか」

「はい」

蓮さんからジュースを受け取ろうとしたら、代わりに手を握られた。大きくて、力強くて、温かい。

「蓮さん、そうじゃなくて、ジュース……」

「ん、手ぇ握られるのやだ？　じゃあ、なおさら離してあげない」

「い、嫌とかそういうのじゃなくて……」

嫌なわけない。むしろ嬉しい。

うう、なおさら離してあげないって、カッコいいっ！　なんか強引で、胸がキュゥッてする……！

胸の高鳴りを押さえながら劇場に入り席に座ると、少しだけ肌寒く感じた。

この席、冷房ちょっと強めなのかな？

羽織《はお》るものを持ってきてよかった。カーディガンを着ようとしたら、蓮さんが一度座ったのに腰を上げた。

「ごめん。美乃里ちゃんの席、冷房強いな。俺の席と交換しよ」

「えっ！　大丈夫ですよ。カーディガンがありますし」

「ダメダメ。冷えは女の子の大敵だよ。逆に俺は暑いくらいだし、むしろ代わって欲しいな」

確かに蓮さんの手は温かかったけど、本当かな？

「本当ですか？　じゃあ、お言葉に甘えて……」

席を代わってもらうと、ちょうどいい温度だ。羽織《はお》りかけたカーディガンを脱いで、カバンの中にしまった。

映画が始まる――

感情移入しないように気を付けなくては……と思っても、いつの間にか入りこんでしまって、涙がこぼれそうになる。

うう、ハンカチ、ハンカチ――……って、やばっ！　この服ポケットがないから、カバンに入れてたんだ。

他のことで頭がいっぱいになっていて、事前に取り出しておくのを忘れた。今はとてもいいシーン……取り出したらガサゴソ音がして台なしだ。

ど、どうしよう……

服の袖《そで》で拭くしかないと思っていたら、蓮さんがハンカチを差し出してくれた。

「使って」

「あ、ありがとうございます」

ハンカチを受け取るときに私の手をかすった蓮さんの指は、さっきとは違って冷たくなっていた。

暑いっていうのは、やっぱり私に気を遣わせないための口実だったんだ……！

「蓮さん、ごめんなさい。寒いんですよね？　席、元に戻りましょう」

「ううん、大丈夫」

「じゃあ、せめてカーディガンを……大きめのカーディガンなので、蓮さんも着れるはずですから」

他のお客さんの迷惑にならないように、耳元で話すとギュッと手を握られた。

「ありがと、でもカーディガンは大丈夫。それよりもこのまま手ぇ握っててていい？　美乃里ちゃんの手、温かい」

「……っ！」

私がそうしたように、蓮さんも耳元で話しかけてくる。温かい息が肌を、低い声が鼓膜《こまく》を刺激してきてゾクゾクする。

声に出さず頷《うなず》いて返事をすると、蓮さんが指を絡めてきた。せっかくハンカチを借りたのに、ドキドキしすぎて涙が引っ込んでしまったようだ。

蓮さんは女性らしくなろうとしているけれど、蓮さんのこういうところってすごく男らしくて、私はときめいてしまう。

心臓が高鳴ると同時に、体温が上がっていく。

私の手の熱が、蓮さんの冷たくなった手を少しでも早く温めてくれるといいな……

蓮さんと繋いだ手を意識してしまって、もうスクリーンの中のヒロインに感情移入できなくなってしまった。

◆◇◆

映画デート、楽しかったな……

あれから二週間と少し経つけれど、私は蓮さんのことばかり考えていた。

優しいところとか、手の温もりとか――……

蓮さんは夜から仕事があったので夕方には解散したけれど、本当はもっと一緒にいたかった。

しかも、あの日からずっと私と蓮さんと予定が合わず、まったく会えていないのだ。

『よかったら今夜、なにか食べに行きませんか？』

仕事の休憩時間中、どうしても会いたい衝動が抑えられなくて、初めて自分から誘ってみた。

数時間後に返ってきたのは、『今日は用事があって会えないの。せっかく誘ってくれたのにごめんなさいね』という断りのメッセージだった。

そっか、用事があるんだ……もしかして風間くんとデート、とか？

ネガティブなことを考えてはダメだと思っても、どうしても頭をよぎってしまう。

明日また、誘ってみよう……

しかし翌日も、蓮さんの答えは一緒だった。二日連続で風間くんとデートだったのかな？　それとも仕事が忙しいとか？

『用事って、なんの用事ですか？』と打ってみるものの、送らずに削除した。すごく気になるけれど、『詮索《せんさく》するなんてうざったい女だ』なんて思われたら嫌だ。

三日連続は、しつこいかな？

そう思いながら、次の日もメッセージを送ってしまった。でも返ってきた答えはＮＯ……

あれ、もしかして私、避けられてる……？

友達が彼氏と別れたときの話を思い出す。ある日を境にデートに誘ってもいい返事がもらえなくなり、ようやく会えたと思ったら別れ話をされた……と言っていた。

そろそろ付き合いだしてから三か月経つし、もしかして、これも予兆的なアレじゃ……

いやいやいや、でも、まだそうと決まったわけじゃない。私だって、偶然四日連続で予定が入るときもある。蓮さんだってそうかもしれない。

しつこいかもしれないと思いつつもまた翌日連絡してみるものの、蓮さんから返ってきたのは、『何回も誘ってくれてるのにごめんね。いつ用事が終わるかわからないから、会えるようになったらわたしのほうから連絡するわね』というメッセージだった。

今日はちょうど三か月――

もしかして、ううん、これは、もう……そういうこと？　連絡が来るとき――それは別れ話をされるとき……？

用事っていったいなんなんですか？　と聞きたい。会って、縋《すが》り付いて、自分のことを好きになって欲しいと懇願《こんがん》したい。

蓮さんが好きになってくれるのなら、みっともないと思われてもいい。

彼の目に私のみじめな姿が映っても構わない。

どんなことでもするから、私を好きになって欲しい。

でも、それは途方もない願いだ。

だって彼は男の人のことが好きなのだから。

どうせ別れるのなら、傷は浅いほうがいい。

誰かに聞かれたら、きっと『ズルい考えだ』とか、『弱すぎる』とか言われるに違いない。

でも私は、誰になにを言われても、蓮さんの口から別れの言葉や、風間くんと両想いになれたという報告を聞きたくない。

私は蓮さんへの返信メッセージを作った。次から次へと溢《あふ》れてくる涙で画面がぼやけて、打ち間違いが多くなってしまう。

何度も涙を拭《ぬぐ》いながら文面を確かめて、ようやくメッセージを作った。

『わかりました。何回も誘ってすみませんでした。でも、大丈夫です。もう蓮さんは十分完璧に女性を理解していると思います。これ以上私が教えられることは何もないので、そろそろお別れしましょう。付き合っている間、とても楽しかったです。ありがとうございました』

送信ボタンをタップすると、また涙がこぼれた。

失恋って、こんなにも辛いんだ……

第五章　蓮さんの本音

蓮さんと別れて、一週間が経つ。

あれから蓮さんから『別れたいってどういうこと?』『話し合いましょう』という内容のメッセージや、着信がたくさんきているけれど、すべて返さなかった。……というより、気持ち的に返せなかった。

メッセージや電話を無視していると、ネイルサロンの予約システムからハンドケアの予約を入れてくるようになった。きっと話し合おうとしているのだ。

予約が先に入ってしまったという理由で、すべてキャンセル処理をさせてもらった。

会って話しても、別れることには変わりない。

今でもこんなに辛いのに、本人から直接別れを告げられた日にはどうなるか……

「美乃里さん、もしかして具合悪いですか?」

「へ?」

施術中《せじゅつちゅう》にお客様からいきなりそんなことを言われ、まぬけな声が出た。

「なんだか元気がなさそうだから……大丈夫ですか?　風邪?」

「あ、いえ、そんなことないですよ。すっごく元気です」

お客様に心配されてしまった。

そんなに具合が悪そうに見えるのかな?

お客様が帰った後にマスクを外して鏡を覗《のぞ》いてみると、想像以上に青くて思わず「うわぁ」と声を出してしまった。

と、とりあえず、チークを濃いめに塗っておこう。

蓮さんに別れを告げてからというもの、よく眠れないし、眠っても悪夢を見て泣きながら起きるし、食事も胃が受け付けない状態だった。

失恋がこんなにキツイものだったなんて……

恋愛経験を重ねている人は、こういう思いを何度もしてきているのだろう。

うう、みんなどうやって乗り越えたんだろう……

私に恋愛経験がないのを知っている親しい友達に、『失恋したときってどうやって立ち直ってる?』と聞いてみたところ……

時間が忘れさせてくれる。

新しい恋をして、さっさと忘れる。

趣味を見つけて、それに集中する。

と言っていた。けれど、一番目の時間……は即効性がないし、二番目の新しい恋なんて、蓮さんのことがこんなに好きなのに無理だし……。新しく趣味を見つけるのは……この中では一番有力かもしれない。

帰りに本屋へ寄って、趣味関係の本を探してみよう……

◆◇◆

「ちょ……ちょっと、なにこれ……うぅ……っ……す、すみませ……通して下さい〜……っ」

職場近くの本屋へ行ってから帰ろうとしたら、いつもは静かな道が人で……特に女性でいっぱいになっていた。

本屋に行きたかったけど、これ以上進むのは無理そうだ。引き返そうとしても、人に阻《はば》まれて進めない。

人だかりの向こうに、カメラや機材が見える。

テレビ番組のロケ……かな？

「すみませ……っ……通して下さ……」

「ちょっと、押さないでよっ！　見えないじゃん！」

「横入りしないでよ！」

「よ、横入りじゃなくて……うぅ……」

人と人の間で揉《も》みくちゃにされて、押し洗いをされているタオルにでもなった気分だ。

どうしよう。気持ち悪くなってきた……

最近ほとんど食べてないから吐くものはないけれど、貧血を起こして目の前がだんだん暗くなっていく。

「きゃあ！　ちょっ……この人倒れちゃったんだけど！」

遠くから？　それとも近くから？　わからないけれど女性の悲鳴が聞こえて、いつの間にか私は地面に倒れ込んでいた。

「道を空けて下さい！　大丈夫ですか!?　僕の声が聞こえますか？」

首から社員証をかけた男性が、肩を叩きながら声をかけてきた。どうやらテレビ局のスタッフのようだ。

そっか、私……立っていられなくなっちゃったんだ。

「あ……はい、大丈夫で、す……」

救急車を呼ぶと言ってくれたけれど、ただの貧血だからと断って気合いで起き上がった。すると、少し休んだほうがいいから……と、ロケバスの中を提供してもらえることになる。

「ゆっくり休んでいってください。僕は失礼しますが、外に誰かしらスタッフがいますので、なにかあったら声をかけてください」

「はい、ありがとうございます」

大丈夫と言ったものの、正直あのまま立ち上がって歩くのはきつかったから助かった。

ヒールを脱いで、スカートのファスナーを緩めて長椅子《いす》の上で横になると、少しずつ気分がよくなってくる。もう少ししたら、歩くことができそうだ。

でも、帰りたくないな……

あの家には、蓮さんの気配がありすぎる。夜は特に強く感じて、幸せだったときのことを思い出して泣いてしまう。

今日は実家に泊まらせてもらおうか。でもいきなり行ったら、なにかあったんじゃないかって心配させちゃうかな？

三十分ほど横にならせてもらったおかげで、だいぶ気分がよくなってきた。

やっぱり実家じゃなくて、家に帰ろう……

余計な出費になっちゃうけれど、今日は無理しないでタクシーに乗ろうかな。身体を起こして身支度を整え、ロケバスを出た。

それにしても、なんのロケだったんだろう……

お礼を言ってから帰ろうとスタッフの姿を探していたところ、ロケバスの裏で男性と女性の姿を見つける。

「あ……」

声をかけようとして、慌てて口を押えた。

そこに立っていたのは、蓮さんと風間くんだったのだ。

このロケって、もしかして風間くんが出てるものだったの⁉

「ちょっと、翔太。こんな所に呼び出しちゃってどうしたのよ」

「蓮さんに、どうしても聞いてもらいたいことがあって……」

「聞いてもらいたいこと？　なぁに？　さっきいくらでも時間あったじゃない。そのときに言えばよかったのに」

「だってあのときはみんなと一緒だったじゃん！　二人きりじゃないとダメなんだよ。僕、蓮さんに伝えたいことがあるんだ……」

「なぁに？　まさか告白とかじゃないでしょうね？」

蓮さんがからかうように笑うと、風間くんの頬が赤くなる。

ま、まさかの図星――……！

ああ、こんな現場に居合わせるなんて、どれだけついていないんだろう。

「そうだよ……僕、蓮さんが好きなんだ！　蓮さんの気持ち、聞かせて？　蓮さんも僕のことが好きだよね？」

あ……両想いになっちゃう。

そんな瞬間なんて、見たくないのに……

「やだ。ビックリ……」

「うん、ビックリさせてごめん。でも、好きなんだ」

蓮さんが風間くんのものになっちゃう……

私、このままでいいの？

傍観していて、後悔しないの？　蓮さん、風間くんのものになっちゃうんだよ……？

「待って！」

頭が真っ白になって、気が付いたら二人の前に飛び出していた。

「……美乃里ちゃん⁉」

「え、なんで村瀬さんがここに？」

二人の視線でハッと我に返り、血《ち》の気《け》がサッと引いた。

え？　なに？　本当に私、なにしてるの⁉

両想いの二人の間に、どう見てもお邪魔虫《じゃまむし》一人だ。

「す、すみません。私……貧血起こしちゃって、ロケバスの中で休ませてもらってたんです。二人がいるなんて知らなくて、あの……」

「えっ！　貧血⁉　ちょっと美乃里ちゃん、大丈夫なの⁉」

「はい、少し休んだらよくなったので……」

こんな会話をしている場合じゃない。風間くんが蓮さんに告白しているのだ。

つい勢いで割り込んでしまったが、『じゃあ、私はこれで』と、すぐに立ち去るのが正しい選択。

わかっていても、足が地面に縫《ぬ》い付けられたみたいに動かない。

「よくなったなら、さっさと行ってよ。今、取り込み中なんだからさ……っ」

風間くんがムッとした表情で、私を睨《にら》む。当然だ。

――でも、私……このままでいいの？

また、クラクラしてきた。

――なにも行動しないで、本当に諦《あきら》めるの？


頭が真っ白になっていって、風間くんの声がだんだん遠くなる。

『自分の店を持ちたい？　あんた、なに言ってるの？』

『お前に店の経営なんて無理に決まってるだろう⁉　失敗するに決まってる。お父さんは反対だ』

『お母さんも反対よ。今までの店で堅実《けんじつ》に働いていなさい！』

こんなときだっていうのに、私は独立して店を持つことを決めて、それを両親に報告したときのことを思い出す。二人揃《そろ》って反対されたけれど、私は自分の意志を曲げることはなかった。

『どうして失敗するなんて決めつけるの？　やってみなくちゃわからないでしょ？　自分の店を持つことは私の夢なの。諦《あきら》めたら絶対後悔する！　私、絶対諦《あきら》めないから！』

自分の夢を叶えるために努力して、反対されても決して諦《あきら》めなかった。

夢は叶った。諦《あきら》めなくてよかったと思った。

でも、もし失敗したとしても、なにもしなかったら、きっと……いや、絶対に後悔していた。

自分の人生を豊かなものにするため、行動した。努力した。悩んだり、泣いたこともあった。

ダメ元で挑戦して、本当にダメだったこともあるけれど、ダメじゃなかったこともある。

そうやって努力したおかげで、今の宝物みたいな毎日がある。

待っていたって、逃げていたって、行動しなければただ毎日がすぎていくだけ。恋愛も一緒じゃないの？

どうして今頃、気付いたんだろう。……ううん、今、気付けてよかった。

「邪魔《じゃま》してごめんなさい。でも、私、引けないんです！」

「は？」

予想外の言葉だったのか、風間くんが大きな目を丸くしてポカンと口を開ける。

「私も蓮さんが好きです！　私と付き合って下さい……！」

腰を四十五度に曲げて頭を下げ、蓮さんの前に手を出す。決して握ってもらえることのない手、選んでもらえることのない手だ。でも、怖いからって引っ込めたくない。

「なに言ってんの？　蓮さんはゲイなの！　男ならまだしも、女を選ぶわけ……」

すると、ギュッと手を握られた。

え……っ？

風間くんが邪魔《じゃま》だからと、退《ど》けようとしているのだろうか。それにしては、随分《ずいぶん》と優しい握り方だ。

「なっ……ええっ⁉」

なぜか風間くんが驚愕《きょうがく》する声が聞こえてきて、顔を上げると——蓮さんが私の手を握っていた。

「……へっ⁉」

一瞬、幻覚でも見ているのかと思った。でも握られた手は温かい。

「翔太、ごめんなさいね。わたし、美乃里ちゃんが好きなの。あなたの気持ちには応《こた》えられないわ」

どうして……!? 蓮さんは、風間くんが好きなんだよね!? 初恋の人なんだよね!?

「えっ!? な、なんで……だって、蓮さん、僕のこと好きなんじゃないのっ……!? それに村瀬さんは、女で……」

「翔太のこと、仕事仲間としては好きだけど、恋愛対象としては違うわ。私の言動がなにか勘違いさせてしまったのなら謝るわ。ごめんなさい」

「でも、昔……会ったこと、あるよねっ!? 僕が事務所のオーディション受けたときに、僕、蓮さんの落とし物拾って……」

「ん? ええ、覚えてるわ。絶対受かるだろうなぁと思ってたから、あなたがデビューしたって知ったときはわたしの勘《かん》、冴《さ》えてる～……って思ったもの。でも、それがどうしたの?」

それがどうしたのって、そのとき蓮さんは風間くんを好きになったんじゃないの……!?

なにも言えずにいると、風間くんは涙ぐんで、私が休ませてもらっていたロケバスの中へ飛び込むように入っていった。

壊れそうなほどの音を立てて、ドアが閉まる。それが、彼のどうしようもない激しい気持ちを表しているようで、罪悪感で胸が痛くなった。

蓮さんに握られた手を思わず引こうとしたそのとき、その手にギュッと力が込められた。

「……っ……!」

「言っておくけれど、美乃里ちゃんが今ここに現れなくても、わたしは翔太の告白を断ってたの。

だからあなたが罪悪感を覚えているのなら、それは間違いだわ」

少し遠くから、スタッフが蓮さんの名前を呼ぶのが聞こえてきた。

「あ……す、すみません。仕事中なのに……っ」

こんなところを他のスタッフに見られたら、仕事中になにやってるんだ！　と、蓮さんの評判が下がってしまうかもしれない。

慌てて手を振り解《ほど》こうとしても、蓮さんは力を入れて離そうとしない。

「あ、あの、離さないと……」

「ずっと逃げられ続けてたんだ。そう簡単に離すわけないだろ」

な、なんでここで、男言葉使うの……!?

「で、でも、今は蓮さん、仕事中で……」

「後で、美乃里ちゃんの家に行って、話し合うって約束するのなら離してあげるよ。……約束してくれる？」

スタッフの足音が、こちらへ近付いてくる。

「約束します。だから……」

「ん、じゃあ、離してあげる。……ああ、そうだ。ちょっと、失礼」

「え？　え？」

蓮さんは私のカバンの中に手を入れると、「これがいいか」と言って、お店の鍵を取り出した。

「じゃあ、念には念を入れて、一応物質《ものじち》もいただいておくよ」

「も、ものじち？」

「そうよ。後でやっぱり話したくないなんて言ったら、一生返してあげないから」

蓮さんはニッコリと微笑んで、また女性言葉を口にする。

し、信用されてないなぁ……

って、当たり前だよね。今まで散々逃げ回ってたんだから……

「はい、待ってます……」

「……っと、ちょっと待って。貧血起こしてたのよね？　心配だからタクシーで帰って。すぐ呼ぶわ」

「あ、大丈夫です。そのつもりだったので、自分で呼びます」

「本当？　ちゃんとタクシーに乗らなかったら……」

蓮さんはお店の鍵を私の目の前に持ってきて、プラプラと揺らす。

「だ、大丈夫です！　ちゃんと乗ります」

蓮さんに見送られながらロケ現場を後にし、少し離れたところでタクシーを拾って自宅へ帰った。

◆◇◆

気持ちが昂《たか》ぶっているせいだろうか。

さっき貧血を起こしただなんて嘘みたいに、意識がハッキリしている。緊張しているのか指先が少し冷たい。

「ごめんね。ちょっと遅くなっちゃったわ」

「いえ、大丈夫です。あの、あの後風間くんは大丈夫、でしたか？」

蓮さんを部屋に迎え入れながら、ずっと気になっていたことを尋ねた。

もうすぐ日付が変わる時間帯だ。

あのロケは風間くんが主演のドラマの撮影だった。しかも恋愛ドラマだという……失恋した後に、よりによって恋愛系の演技なんてできたのだろうか。この時間まで長引いたのはもしかして……

「ああ、問題なかったわよ。翔太はプロだもの。仕事に私情は持ち込まないわ。だけど、ヒロイン役の子の調子が出るまでに、ちょーっと時間がかかっちゃったのよねー……って、そんなことはどうでもいいの」

飲み物を用意しようとソファから腰を上げたら、蓮さんが私の手を掴《つか》む。

「気にしないで。それよりも、大切な話をしましょう」

「は、はい……」

浮いた腰を落としても、蓮さんは私の手を掴《つか》んだままだ。

「いきなりメッセージで別れ話をされて、そのあと全部シャットアウトされるんだもの。嫌われたのかと思ったら突然現れて、告白してくるだなんて驚いたわ」

「ほ、本当にすみません……」

でも、どうして蓮さんは私を選んでくれたんだろう。

「……まあ、わたしも謝らなくちゃいけないことがあるんだけどね」

「えっ」

も、もしかして、私を好きだなんて嘘だったとか……⁉

「わたしね、ゲイだなんて嘘なの」

「そうですか……」

やっぱり嘘だったんだ……ってあれ？　え？

「え？　今、なんて……」

「だからね。ゲイだなんて、嘘なの。わたしの恋愛対象は、男じゃなくて女性よ。だから女性経験がないなんていうのも嘘なの。騙《だま》してごめんなさいね」

「……嘘⁉」

「そう、ゲイのふりをしているだけなの」

「え⁉　でも、女装は……⁉　あっ……それは趣味、ですか？」

「いやいや、違う、違う！　趣味じゃないわよ。女装して、ゲイのふりをしてるのは、仕事上の処《しょ》世術《せいじゅつ》なのよ」

処世術《しょせいじゅつ》？　え？　なに？　一体どういうこと？

キョトンと目を丸くした私は、なんて言ったらいいかわからない。というか聞きたいことが多すぎて、なにから聞けばいいのだろう。次から次へと湧いてくる質問が喉《のど》に押し寄せ、大混乱を起こして詰まっている。

「えーっと……話が長くなっちゃうけど、一つ一つ説明させてもらってもいい？」

何度も頷《うなず》くと、蓮さんは強張《こわば》っていた表情を少しだけ綻《ほころ》ばせた。

「この格好をするようになったのは、今から何年くらい前かしら。んー……就職して、しばらく経ってたから……二十五歳くらいだったかしらね。ほら、美容業界って女性が多いじゃない？　同僚も、お客様も女性が多くてね。すっごくモテたのよ」

キョトンとしていると、蓮さんが顔の前で手を左右に動かす。

「あーっ！　言いたいことはわかってるわよっ！　自分で言うなって思ってるんでしょう？　でも、本当なのよ。ハードな業界だから、駆け出しの頃は日付が変わっても仕事をすることが多くてね……同じメンバーでずーっと一緒に仕事してるわけでしょ？　極限状態なわけでしょ？　男がわたししかいないわけでしょ？　そうするとモテるのよ。普段はなんの変哲《へんてつ》もない食パンも、長い間絶食してるとご馳走《ちそう》に見えるじゃない？　その原理よ。お客様もねぇ……中には物好きなお客様もいるわけ」

自分で言うな……だなんて思ってない。イケメンだし、優しいし、とても気遣いが上手だし、男性の格好をしていれば、蓮さんはかなりモテると思う。

でも話の腰を折ってしまいそうだから、口を挟まずに黙って聞いた。

「どうお返事をしても、トラブルは生まれるでしょう？　例を挙げると、告白を断ったことで気まずくなった同期が、翌日から突然出勤してこなくなってそのまま退職……とかね。んで、わたしも色々考えたわけよ。フレンドリーに接することで勘違いさせてしまうなら、無表情で必要最低限の会話をするしかしない！　とかね。だけど、たいていの人は『感じ悪い』って思うはずなのに、一部の人は『クールな人なんだ』ってポジティブな見方をしてくれちゃってね……男ってだけでやっぱりモテて、トラブルになってしまうわけよ」

確かに……蓮さんのビジュアルだと、どう頑張ってもモテちゃいそうだ。

私はコクコク相槌《あいづち》を打つ。

「上手くいかないわ〜……と思って悩んでいたある日、専門学校時代の友達と呑む機会があったのね。あ、友達って男よ？　一クラス三十人中、男は二人しかいなかったから、学生時代は毎日のように一緒に遊んでたわ〜……ってそんなことはどうでもよくて。その友達と久しぶりに会って呑んでね。呑みすぎて悪ノリしたわけよ。腕を試そうって、お互いをメイクしたわけ。そうしたらわたし、予想以上に化粧映《けしょうば》えする顔だったらしくてね〜……メイクした自分の顔を見た瞬間、ハッと閃《ひらめ》いたの。そうだ。女装してゲイってことにすれば、女の子からモテない！　って。そこからわたしの女装物語が始まったわけ。趣味じゃないわよ」

「なるほど、そうだったんですか……」

まさかモテすぎ防止のために、女装をすることにしたとは思わなかった。

「……趣味じゃないわよっ!?」

「わ、わかってます。なんで二回言うんですか？」

「大事なことだから二回言ったのよ。もちろん本来はこんな喋《しゃべ》り方じゃないんだから。今では自然とこうして喋《しゃべ》ることができてるけど、慣れるまですっごく苦労したのよ〜……」

そっか。それでたまに男性言葉が出てきてたんだ……

「ってことでもう素の喋《しゃべ》り方に戻していい？」

「あ、はい。どうぞ」

これで女性とエッチできたのも納得だし、女性を相手にするのは初めてだと言っておきながら、妙に女性の扱いに慣れていたのも、その他にも色々納得がいく。

でも、新たな疑問が生まれた。

「ん？　あれ？　蓮さんはゲイじゃないんですよね？　ノーマルで、恋愛対象は女性なんですよね？」

ということは、蓮さんの初恋の相手は女の人ってこと？

「そうだよ。……え、疑ってる？」

「いえいえいえ！　疑ってないです。でも、色々不思議っていうか……職場の人にはゲイだって言うのはわかりますよ？　でも、私は職場の人じゃないのに、どうしてゲイだなんて……どうして私に『女の子のことを教えて』なんて言い出したんですか？」

蓮さんは苦笑いを浮かべ、小さくため息を吐く。

「初めはカミングアウトしようと思ってたんだよ。だからこそ初めて美乃里ちゃんのお店に行ったとき、男の格好だったでしょ？」

「あ、はい、でも、あれは休日だから肌を休ませるためにって言ってませんでした？」

「いや、あれは苦し紛《まぎ》れの言い訳……だって美乃里ちゃん、女装してる俺にはフレンドリーに接してくれたのに、男の格好だと身構えてたからね。告白してもOKしてもらえないと思ったんだよ……絶対に付き合ってもらいたかったしさ。あのときはすごく必死だったなー……」

蓮さんはうんうん頷《うなず》きながら、しみじみと呟《つぶや》く。

絶対に付き合ってもらいたかったから……

どの恋人とも三か月で別れるっていう前情報がなければ、飛び上がりそうなほど嬉しい言葉だけど――

「それって……どうしてですか？」

「え？　美乃里ちゃんが好きだからよ」

「でも、私と付き合って三か月経つから、別れようとしてたんじゃ……」

「え？　なに？　どういうこと？」

「風間くんから聞きました。蓮さんは初恋の人を忘れられないって。だから彼女ができても、三か月以上続いたことがないって……それ、本当ですか？」

泣きそうになって、言葉が詰まってしまう。

「待って。美乃里ちゃん、泣かないで」

泣かないでと言われても、悲しくて涙は勝手に出てくる。

「美乃里ちゃん、高校生のときに痴漢《ちかん》に遭《あ》って、誰かに助けてもらったって言ってたでしょ？」

「え？　はい……」

どうしてこんなときに、痴漢《ちかん》の話？

「そのとき助けてくれた人って、ちょっとチャラチャラした印象の若い男じゃなかった？」

涙でぼやけていたから顔はよく見えなかったけれど、茶髪で、シルバーの指輪をたくさんしていたから、チャラチャラした印象……といえば、そうかもしれない。

でも私、痴漢《ちかん》から助けてもらったっていう話はしたけど、どんな見た目の人だったかっていう話はしてない……よね？

「どうして、それを……？」

それとも私、覚えてないだけで話した？

「あのさ、実はそれ、俺なんだ」

蓮さんは少し照れくさそうに笑って、指先で頬をポリポリ掻《か》く。

「……へっ⁉　えっ……⁉　う、嘘……」

あのときのお兄さんが、蓮さん……⁉

「偶然ってあるものなんだね。こうしてまた美乃里ちゃんに会えるなんて思ってもみなかった」

驚きのあまり目を見開いたままなにも言えずにいると、蓮さんが話を続ける。

「実はあの痴漢《ちかん》事件の前からさ、毎朝見かける美乃里ちゃんのことが気になってたんだ。いつも友達と楽しそうに話して、笑ってる姿が可愛《かわい》いなぁ～と思って。密《ひそ》かに好きだったからいつも目で追ってたんだよね。話しかけたいなーって思ってたんだけど、歳の差がありすぎるしさ。いきなり話しかけても変に思われるのが嫌で、情けないことになかなか勇気が出せなかったんだ」

「えっ！　嘘っ⁉」

見られてたなんて、全然気付かなかった。

「嘘じゃないよ。あの頃俺、すごく疲れてたんだ。仕事がハードだったっていうのもあるけど、ほら……さっき言ってた人間関係のせいで？　精神的にも疲れてて……でも、美乃里ちゃんの純粋で屈託《くったく》のない笑顔見てたら、不思議と癒《いや》されたんだ。友達との会話が聞こえることもあってさ。それがまた可愛《かわい》いかったんだよね。よく覚えてるのは、近所の猫の……えーっと、なんだったかなー……」

「み、みぃこですか？」

「あーっ！　それそれ！　みぃこだ！　デブ猫みぃこ！　懐かしいな～……。塀《へい》の上で寝てて、カラスの鳴き声にビックリして落っこちた話とか、思わず笑いそうになったよ。……朝、美乃里ちゃんの姿を見つけるとさ、勝手に癒《いや》されてたんだ」

当時していた会話の記憶を呼び起こせば起こすほど、くだらない話ばかりで恥ずかしくなって頭を抱えたくなる。

「あの日もそうやって目で追ってたんだ。だから様子がおかしかったのもすぐわかった。腸《はらわた》が煮えくり返るかと思ったよ。あの親父に一発……いや、顔がボッコボコになるぐらい食《く》らわせてやりたかった。泣いてる美乃里ちゃんを見て、俺がこの先ずっと守ってあげたいって思った。だから次に会ったときは、思い切って話しかけてみようって思ったんだ。でも、次の日から美乃里ちゃんの姿が全然見えなくなって……。俺のほうも勤めていたプロダクションが移転したせいでその沿線は使わなくなったし。たまに乗ることがあったら、美乃里ちゃんの姿をずっと探してた」

「ご、ごめんなさい。私、あの後すぐにインフルエンザにかかって、卒業式まで外出しなかったんです……その後、専門学校に進学したからあの電車に乗らなくなっちゃって……でも、私もお礼が言いたくて、時々あの電車に乗って、蓮さんを探してたんです。蓮さんがあのときの恩人だったなんて、本当ビックリで……」

どうしよう。なんかもう、上手く言葉にできない……

「あのときはありがとうございました。すごく怖かったから、蓮さんが助けてくれてホッとしました。とても、嬉しかったです」

まさか、十年越しにお礼を言えるなんて思わなかった。

「どういたしまして。……あれからさ、美乃里ちゃんのことが忘れられなかった。疲れたときとか、めげそうなときは、自然と美乃里ちゃんの顔や声を思い出してた。一度しか話したことないのに不思議だよな。他の誰と付き合っても、自分が求めてる人はこの人じゃないって心の中の自分が言うんだ。俺が誰かのことを心から好きだと思ったのは、あれが初めてだった」

私の手を握る蓮さんの手に、ギュッと力がこもる。

「あの、蓮さんの初恋の人って、まさか……」

「うん、この流れで他の人の名前が出ると思う？」

わ、私～……っ!?

ゲイじゃないなら初恋の人は女性なのだろうとは思っていた。でもまさか、それが自分だなんて――

「俺が助けた子に……また会いたいって思ってた子に、まさか痴漢《ちかん》から助けられるなんてビックリしたよ。しかも俺がしたことを覚えてくれていて、それがキッカケになったなんてさ……こんなチャンスもう二度とないと思って、なんとか繋がりを作ろうってスゲー必死だった」

「でも、結局、蓮さんに助けてもらっちゃいました」

「ううん、嬉しかった。すごく、すごく嬉しかった。本当に……」

包み込むように私の手を握っていた蓮さんが指を絡めてきて、私も溢《あふ》れそうな気持ちを表すように強く握り返した。

「ところで、どうして別れるなんて言い出したんだよ。しかも一方的にっ！　俺、すご一く傷付いたんだけど？」

「ご、ごめんなさい……っ！」

「もしかして何度も誘ってくれたのに、用事があるって断ったことを怒ってるんじゃ……って思ったんだけど、それも別れの原因の一つだったりする？　俺、嫌われた？」

「嫌うわけないじゃないですか！　三か月で別れるって聞いてたので、さり気なくフェードアウトしようと考えてるんだって思って……風間くんと蓮さんは両想いなんだと勘違いしてたし、蓮さんから別れようって言われる前に、自分から言ったほうが心の傷が浅くなるんじゃないかって……」

なんて自分勝手な理由だろう。

「本当にごめんなさい……私、自分が傷付かないことばかり考えて、逃げて……本当に最低でした……」

自分の心を守ることだけ優先して、吐き気がするほど自分勝手だ。

「いや、そもそも変な嘘を吐いた俺が悪いからね……誘ってくれたときもごめん。実は本当のことを言うとさ、熱出して寝込んでたんだよね」

「えっ!?　熱って……どうして言ってくれなかったんですか？　知らせてくれれば看病しに行ったのに」

「……って言うと思った。嬉しいけど移しちゃうから内緒にしてたんだ。でも、かえって気にさせちゃったね。ごめん」

蓮さんは熱で苦しんでいたのに、しかも私を気遣ってくれていたのに、私は本当に自分のことばかり……

「ごめんなさい……」

「いや、俺のほうこそごめん。熱で朦朧《もうろう》としてたせいで、用事がある～……なんてぶっきらぼうな返事しか思い付かなくて。後から見返して、うわ、まずった……と思ったよ。本当にごめんね」

「違っ……蓮さんは、悪くないです。謝らないで下さい。悪いのは本当に私なんです……私、自分のことしか考えてなくて、恥ずかしいです……蓮さん、ごめんなさい……」

あまりに申し訳なくて、蓮さんの顔がまともに見れない。

「美乃里ちゃんこそ、謝らないで」

握った手はそのままに、空いているほうの手で抱き寄せられた。

「好きだって言ってくれて嬉しかったよ。ありがとう」

またこの腕に抱きしめてもらえるなんて、そんなこと二度とないと思ってたのに……

嬉しくて、胸がいっぱいになって、涙がブワッと出てくる。このままだと蓮さんの服を汚してしまう。彼に抱きしめられながらも、服から顔を離すことに努めた。

「……あれ、もしかして、こうされるの嫌だ？　やっぱり俺のこと、怖い？　というか、変な嘘吐いてたから、今度こそ嫌われた？」

「へ？　いや、違っ……」

「じゃあ、なんでもっとくっついてくれないの？　地味に距離を感じるんだけど……」

抱きしめられているから、蓮さんがどんな顔をしているかは見えないけれど、声のトーンだけでわかる。ものすごく不満そうな顔をしているようだ。

「いや、わざと距離を空けてるんですよ。蓮さんの服に、私の涙とかメイクとか付いちゃうから……」

「そんなこと気にしないでいいから、思いきり抱き付いてよ」

蓮さんは握っていた手を離すと、両方の腕で思いきり抱きしめてくる。

「ちょっ……ひゃっ……んんっ……！」

ああ、やってしまった……

涙でグッショリ濡れた顔が、蓮さんの服にくっつく。しかも今日に限って、彼の服は淡《あわ》いエメラルドグリーンだ。

ファンデやドロドロに溶けたマスカラが付いて悲惨《ひさん》なことになっているのに、蓮さんは満足そうに笑っている。

「ちなみに、どうして翔太と俺が両想いだなんて思ったの？　……翔太はともかく、なんで俺が翔太を？」

「蓮さんのスマホに風間くんからたくさん連絡が来てたのは前から知ってたし……あっ！　勝手に見たんじゃないですよ？　テーブルに置きっぱなしのときとかに着信音が鳴って、反射的に見たらいつも風間くんからの連絡が来てて……蓮さんもメッセージを見るとき、すーっごく嬉しそうだったから、これは絶対に風間くんが好きだと……」

「違う、違うっ！　俺がスマホを確認してると、美乃里ちゃんがソワソワしてるから、嫉妬《しっと》してくれてるのかな〜？　って嬉しくなってたんだよ」

嬉しいの意味が違ってた……！

「っていうかそもそも、どうして美乃里ちゃんと翔太に面識があるの？」

「蓮さんから聞いたんだって、うちのお店に来てくれたからですよ。えーっと……ご紹介、ありがとうございました」

自分が蓮さんの初恋の人だと勘違いして話していたことは、言わないでおいた。もし自分が風間くんの立場なら、絶対に話して欲しくない。

「あ、なるほど。そういうことだったんだ……ん？　美乃里ちゃん、なんか痩《や》せた？」

「え、本当ですか？　最近体重計に乗ってないからわかんないです」

いつもなら一キロ痩《や》せただけで喜んでいたけれど、失恋期間中はそんなこと気にする余裕はまったくなかった。

「うん、抱き心地がいつもと違うというか……貧血も起こしてたって言ってたけど、ちゃんと食べてる？　引き締まった痩《や》せ方……というよりは、不健康な痩《や》せ方に感じるけど？」

れ、蓮さん、鋭《するど》い……！

「食べてますよ」

サラリと嘘を吐くと、蓮さんは少しだけ身体を離して私の顔を覗《のぞ》き込んでくる。

お客様に具合が悪そうだと言われたばかりだけど、チークを濃いめに塗ってるし、大丈夫！　……でも、涙で流れちゃったかな？

視線を泳がせていると、蓮さんが眉間《みけん》にシワを寄せる。

「顔色も悪い。チークを濃いめに塗っても、俺の目は誤魔化《ごまか》せないよ。体調悪くて食べられなかった？　だから貧血おこしたのかな？」

とにかく早く着替えて、横になったほうがいい。そう言って蓮さんが身体を完全に離そうとするから、思わずしがみ付いた。

「や、やだっ……！　具合悪くないですっ！　失恋のショックで最近あんまり食べたくなかっただけで……だから、離さないで……っ」

私を離そうとした蓮さんの手に、ギュッと熱のこもった力が入る。

「……そんな可愛《かわい》いこと言われたら、もう離してあげられないけど、いい？」

蓮さんは私が頷《うなず》くのとほぼ同時に、深く唇を奪ってきた。

「ン……っ……」

荒々しくて、貪《むさぼ》るように激しいキスだった。

私は夢中になって蓮さんのキスを受け入れ、もっとちょうだいとおねだりするように舌を伸ばした。

静かな部屋の中に、唇と唇を合わせる音と、二人の荒い息遣いが響く。それに、時折私の漏《も》らす小さな声が混じった。

「美乃里ちゃん、お腹空《す》いてない？　食べてからにする？」

長いキスの後、蓮さんと私の間には唾液《だえき》の糸ができていた。ふるふると首を左右に振ると、プッリと切れる。

食べてからなんて、そんなに我慢できない。

肉体的によりも、精神的に飢《う》えている。

それを埋めるには、この飢《う》えを鎮《しず》めるためには……蓮さんに触れてもらう以外の方法はない。

「蓮……さん、は……お腹空《す》きましたか？　食べてからのほうが、いい……？」

「うん、すごーく空《す》いた。だってずっと美乃里ちゃんのこと、食べられてないからね。……美乃里ちゃんのこと、満腹になるまで食べてもいい？」

蓮さんの手がスカートの中に潜《もぐ》り込んできて、ストッキング越しに太腿《ふともも》をしっとりと撫《な》でた。ほんの少しの刺激だったのに、散々焦《じ》らされたときのようにお腹の奥が熱くなる。

こくりと頷《うなず》くと、蓮さんは私を軽々と抱き上げてベッドへ連れて行ってくれた。一体この細い腕のどこにこんな力があるんだろう。

自分で動けると言いたいところだけど、今のキスで足腰がジンと痺《しび》れて、まともに歩けそうにない。

蓮さんは私をベッドの上に座らせて、服を脱がせてくる。

「やっぱり少し痩《や》せてる」

蓮さんの視線が、下着姿の私を上から下へ舐《な》めるようになぞる。

何度経験しても、どんなに興奮していても、裸を見られるのは恥ずかしい。

「ま、待って、電気を……」

確かベッドの上に、照明のリモコンを置いていたはずだ。

手探りで探していると、私よりも早く蓮さんが発見し、私の手が届かない場所へ置いてしまう。

「ちょっ……れ、蓮さん？」

「このままでしよう？　消したら、美乃里ちゃんの身体が見えなくなるし」

「いや、恥ずかしいから、見えなくしたいんですけど……」

「その恥ずかしがる美乃里ちゃんを見るのが興奮する」

「そ、そう言われると、ますます恥ずかしくなってくるんですけど……」

エッチしたいけど、裸を見られるのは恥ずかしい。

あまりに意地悪な視線で眺められるものだから、羞恥心《しゅうちしん》が勝《まさ》って両手で胸を隠す。

「今日は下着の上下も揃《そろ》ってるんだから、見せてくれたっていいと思うんだけど？」

初エッチ前までは下着の上下を気にすることなんてなかったけれど、あれ以来徹底して揃《そろ》えるようになった。

「そ、それはもう言わないで下さいっ！」

「あのときの美乃里ちゃんも、すごーく可愛《かわい》かったな。あれから上下が揃《そろ》ってるのは、俺のため？　それともあの日がたまたまバラバラだっただけ？」

蓮さんは私の太腿《ふともも》を撫《な》でながら、意地悪な質問をしてくる。

視線を泳がせながら口を噤《つぐ》んでいると、蓮さんがニヤリと笑った。

「下着姿の美乃里ちゃんも可愛《かわい》いけど、裸の美乃里ちゃんもじっくり見たいな。乳首がどうなってるかー……とか、俺に弄《いじ》られるとどんなふうになるのかー……とか、こっちも……」

蓮さんは耳元で恥ずかしいことを言いながら、ショーツの上から割れ目をなぞり始める。

「ぁんっ！　も……っ……そんなエッチなことばっかり言って……っ！」

そんな恥ずかしすぎるところ、じっくり見られたくない。

思わず蓮さんの両目を手で押さえた。

「あ、見えない」

「見えなくしてるんですよ」

「美乃里ちゃんの意地悪……じゃあ、美乃里ちゃんが目を塞《ふさ》いでいる間は見ない。……というか見えないんだけどね。その代わり美乃里ちゃんが手を離したら、俺の気が済むまで、思う存分じっくり見せてもらうってのはどう？」

「どうって言われても……」

ずっと押さえてることなんて、できるだろうか……

彼の手が私の背中に回ってきて、プツンとブラのホックを外す。ブラをずり上げられると、支えを失った胸がプルンとこぼれた。

「あっ……！」

「外れちゃったね？」

蓮さんはイタズラっ子みたいな笑みを浮かべ、私の胸を揉《も》んでくる。

「んっ……蓮さんが、外しちゃったんじゃ……ないですか……んっ……ぁ……」

蓮さんの大きな手の中で、私の胸がいやらしく形を変える。

「胸は痩《や》せてないみたいだね。まあ、減ってたら育てるつもりだったけど」

「育てるって……っ……んっ……ぁ……んんっ……」

右胸の先端に手の平を擦《こす》り付けられ、左胸の先端は親指の腹で刺激され、両方の胸の先端はあっという間にプクリと膨《ふく》らんだ。

「あ……乳首、起《た》ってきたね」

手の平や親指の腹に尖《とが》った胸の先端を擦《こす》られるたびに、身体がビクビク震えてしまう。ショーツの中はもうさっきのキスで潤《うる》んでいて、今の刺激で溢《あふ》れ返りそうなほど濡れていた。身じろぎするたびに、クチュクチュと音が聞こえている。

蓮さんに気付かれていないか心配になってしまう。

「んっ……は、んんっ……」

完全に尖《とが》った両方の胸の先端をつままれ、指と指の間で転がされると、甘い刺激が波紋のように身体中へ広がっていく。

刺激を受ければ受けるほど、蓮さんの両目を塞《ふさ》いでいる手から力が抜けて、落っこちそうになる。

キュッと少し強めにつままれた瞬間、頭が真っ白になって、あまりの刺激に目を瞑《つむ》ってしまう。

「ひぁんっ……！」

次に目を開けると、意地悪に笑う蓮さんの切れ長の目とバッチリ合った。

えっ！　なんで……

蓮さんの目を塞《ふさ》いでいた手が、いつの間にか落っこちて、胸を可愛《かわい》がる蓮さんの腕に引っかかっていた。

「目隠しを取ってくれたってことは、じっくり見ていいってことだよね？」

「ち、違……ひゃっ！」

蓮さんは意地悪な顔で楽しそうに笑って、私を組み敷いてくる。

「ん……っ……くすぐった……」

「おっと、そうだった。まだ変身解除してなかったんだ」

蓮さんはスカーフを解《ほど》くとベッドの下に落とし、やや乱暴にウィッグを外して同じくベッドの下に落とした。

「あ……そんな雑に扱ったら、髪が絡んで、次に使うときに困っちゃいますよ？」

フルウィッグじゃないけど、部分的につけるウィッグなら一、二度買ったことがある。ちゃんと手入れをしていても絡んでしまって解《ほど》くのに相当苦労したし、少しでも手入れを怠《おこた》るとダメになってしまった。

蓮さんは仕事があるとき毎日被《かぶ》るのだろうし、ちゃんとしておかないと後でとても困ってしまうはずだ。

「うん、いいんだ。もう女装はやめるから」

「えっ！　どうしてですか？　女装をやめたら、またモテちゃうんじゃ……」

「あれから何年も経ってるし、もう若くないからね。もう、モテないかもしれないけど、もし言い寄られることがあれば、『俺は彼女一筋なので、誘惑されてもなびきません』って言うよ。そう言えるようになったのが嬉しい……」

私も、嬉しい……

そう言いたかったけれど、言葉ごと唇を奪われてできない。

この溢《あふ》れそうなほどの激しい気持ちをどうにか伝えられないかと、蓮さんの背中へ回した腕にギュッと力を込めた。

すると、蓮さんが私の唇を奪いながらフフッと顔を綻《ほころ》ばせるのがわかる。

唇を離した蓮さんは自身の着ていた服をすべて脱いで、ふたたび私の上に覆《おお》い被《かぶ》さってきた。

蓮さんは私の胸を掴《つか》んで先端を強調させると、まじまじと眺める。

「美乃里ちゃんのピンク色の乳首、興奮してるからか少し濃い色になってきてるね」

「……っ……あ、あんまり、観察しないでくださ……」

「美乃里ちゃんが目隠しを外したら、思う存分見せてもらうって約束したからね。約束は守らないと、……でしょ？」

い、意地悪～……！

濡れた先端をペロッと舐《な》められ、わずかな息を吹きかけられると肌が粟立《あわだ》ち、先端が硬さを増していく。

「ひぅ……ン……」

「あ……もっと硬くなってきたね。ほら、指で押しても、ツンってまた元に戻るよ」

片方を舌で舐《なぶ》られ、もう一方は指でクリクリ転がされる。

恥ずかしいけど、それ以上に気持ちよくて、「観察しないで欲しい」という訴えよりも、喘《あえ》ぎが先に飛び出てしまう。

蓮さんが口を離した。尖《とが》った先端が目を覆《おお》いたくなるほどいやらしく濡れて、光を反射してテラテラ淫猥《いんわい》に光っている。

膣口から溢《あふ》れ返った愛液でショーツはグッショリと濡れ、まるでショーツを身に着けたまま海に飛び込んだんじゃないかってぐらいだ。

「腰が動いてるよ。ここ、疼《うず》いてきちゃった？」

蓮さんの中指が、ショーツの上から割れ目を上下に擦《こす》る。

「ン……っ……」

指が動くたびに、クチュクチュと音が聞こえてきた。

その音は蓮さんの耳にも届いていたらしい。

彼はニヤリと意地悪な笑みを浮かべて、敏感な粒があるところにググッと指を押し込んでくる。

「ぁ……っ……れ、蓮さ……っ……」

「下着の上からでも、ここが膨《ふく》れてるのがわかる」

ショーツの上から爪でカリカリ擦《こす》られると焦《じ》れ焦《じ》れした刺激が伝わってきて、エッチな声が止まらない。

「ゃ……っ……んんっ……」

そこにもっと直接的な刺激が欲しい。

ううん、そこだけじゃなくて、蓮さんしか知らない場所にも……余すことなく刺激が欲しい。

そうして弄《いじ》られているうちに、濡れたショーツと膨《ふく》れた敏感な粒が、ペッタリとくっついてしまう。

「あーあ、可愛《かわい》い下着がグショグショだ」

「だ、だって、蓮さんが弄《いじ》る……から……」

「そっか、俺に弄《いじ》られてグショグショになっちゃったんだ」

蓮さんは私の耳元で恥ずかしいことをささやきながら、指の動きを速くしていく。

「ね、ここも見せて?」

「じゃ、あ……電気……」

「ダメだよ。じっくり見せてくれるって約束だっただろ？」

蓮さんの手が、ショーツにかかった。きっと今からもっと気持ちよくされる。もっと恥ずかしい思いをさせられる。

「……っ……こ、ここ、見られるのは……やです……恥ずかし……」

「いつも見せてもらってるのに？」

「じっくり見られるのと、自然な流れで見られるのじゃ全然違いますよぉ……っ！」

絶対私が恥ずかしがるような言葉を選んで口にするに決まってるんだからっ！

「ふーん？　じゃあ、こうしちゃおうかな」

力の入らない手でなんとかショーツのゴムの部分を押さえていると、クロッチを掴《つか》まれ、グイッと持ち上げられた。

「えっ!?　ぁっ……！」

クロッチが割れ目に食い込む。Ｔバックの前とうしろを逆に穿《は》いたような、とんでもないビジュアルだ。

「こういう格好もなかなか興奮するよ」

「ちょ、ちょっと、蓮さんっ！　あっ……ひぁんっ……！」

持ち上げられると敏感な粒が圧迫されて、緩められるとジンジンする。それを繰り返されるたびにどんどん敏感になっていく。

「……っ……れ、んさん……これ、や……っ……あっ……ぁんっ……！」

「恥ずかしい場所は隠れてるのに？」

確かに隠れてるけれど色々はみ出してるし、これは余計恥ずかしい。

「もう、蓮さん、意地悪ばっかり……っ！」

蓮さんの腕を軽く叩いて抗議すると、彼はショーツを持ち上げながら、もう片方の手の指を使って敏感な粒をプニプニ押してくる。

「ン……っ……」

蓮さんは私の足を広げ、自身の身体をその間に入れて閉じられないようにすると、ショーツを食《く》い込ませている恥ずかしい場所に顔を近付けた。

「れ、蓮さん？　ぁっ……！」

蓮さんはショーツを引き上げたまま、クロッチ越しに私の敏感な粒を舐《な》める。

「や……っ……ン……れ、蓮さ……っ……ぁんっ……！　ダ、ダメ……っ……私、まだお風呂……入ってな……っ」

「気にしなくていいよ。てか、この前も気にしてたね」

「するに決まってるじゃないですか……っ……ぁんっ……や……ダメ……っ」

蓮さんときたら、まったく気にすることなく……というより、私の恥ずかしさを煽《あお》るように余計激しく攻め立ててくる。

蓮さんの舌の感触や熱が伝わってきて、ただでさえ濡れている下着が、新しく溢《あふ》れた愛液と蓮さんの唾液《だえき》でさらにビショビショになる。

すごく気持ちいいけれど、直接に舐《な》められるのとはやっぱり違う。

恥ずかしいし、やめて欲しい。そして、直《じか》に舐《な》めて欲しいという欲求がどんどん強くなっていく。

ショーツを持ち上げていた蓮さんの手の力が、少しだけ緩む。

もう触れるのをやめるのかと思っていたら、ショーツの中に、指が入ってきた。

「ぁっ……！」

蓮さんの指先が膣口の形をなぞるように動いたかと思えば、根元までヌププッと中に入ってくる。

「すごく濡れてるから、あっという間に入っちゃったね。ほら、すごい音が聞こえるよ。わかる？」

蓮さんはクロッチ越しに敏感な粒を舐《な》めながら、膣道に入れた中指を動かし始めた。

グチュッ……ヌポッ……ヌチュッ……グチュグチュッ……

指がピストンするたびに耳を塞《ふさ》ぎたくなるほどのエッチな音と快感が襲ってきて、私は身悶《みもだ》えしながら甘い声を漏《も》らした。

「や……っ……ぁ……んんっ……あっ……ぁんっ……ふぁ……んんっ……！」

私がイキそうになると、蓮さんは舌と指の動きを止める。

「イキそう？　でも、ダメ。見せてくれなくちゃ、イカせてあげない」

「……っ……や……いじ、わる……っ！」

「うん、そうだよ」

「み、認めないでくださいよぉ……っ！」

「だって俺、美乃里ちゃんが気持ちよくなってる顔を見るのも好きだけど、焦《じ》らされて泣きそうな顔を見るのも大好きなんだよね。だって、すっごく可愛《かわい》いんだもん」

「や……っ……そ、そんなの、可愛《かわい》いわけ……っ……あっ……や……んっ……！」

刺激を弱められ、絶頂の気配がやや遠ざかった頃、クロッチがぺったりとくっついた敏感な粒を指先でわずかに擦《こす》られた。焦《じ》れったい刺激にビクビク身悶《みもだ》えしていると、蓮さんが「ほら可愛《かわい》い」と言ってくる。

「ね、美乃里ちゃんのここ……見せてくれたら、もっと気持ちよくしてあげるよ？」

どんなに興奮状態だとしても、やっぱり恥ずかしい……

でも、もっとこの刺激が欲しい――

「見せてくれる？」

蓮さんが問いかけてくる。

恥ずかしさよりも欲求が勝利してしまい、私は首を縦に振っていた。

「いい子だね。……ね、美乃里ちゃん、少しだけ腰を浮かせられる？」

低い声でささやかれると、さらなる刺激をもらえるのだという期待から、お腹の奥がゾクゾク震える。

「ん……」

いつもならなんともない動作なのに、ものすごく重い荷物を持ち上げるときのように難しい。ようやく腰を上げると、ぐっしょり濡れたショーツを脱がされた。

愛液の糸が恥ずかしい場所とクロッチの間を繋いでいて、クロッチで刺激を与えられていた敏感な粒が、切なげに疼《うず》く。

割れ目の間を指で広げられると、スゥッと冷たい空気が入り込んできて肌が粟立《あわだ》つ。

「美乃里ちゃん、すごいよ。美乃里ちゃんのクリトリス、こんなに赤くなって膨《ふく》らんでるよ」

蓮さんは指先で愛液をすくい上げると、それを塗り付けながら敏感な粒を転がしてくる。

そんな近付いて見ないで欲しい……

「や……っ……も……っ……んっ……ぁ……ひぁっ……んっ……んんっ……」

指で転がされるたびに腰がガクガク震えて、そこがもっと敏感になっていくみたいだ。

「可愛《かわい》い感触だね、美乃里ちゃんも、どんなふうなのか気になるでしょ？」

「へ……？」

「俺に散々弄《いじ》られて、プリプリになったクリトリスがどんな感触なのか、美乃里ちゃんにも教えてあげるよ」

蓮さんは私の手を掴《つか》むと、それを割れ目へ導《みちび》く。

ぼんやりした頭では、なにをするのかいまいち理解できない。すると指先がヌルリと濡れて、ある場所に触れた。それはプリッとしたなんとも言えない手触りで、触れると同時に強い刺激が襲ってくる。

「ぁンっ……！」

私はそこでようやく、蓮さんがなにを伝えようとしているのか理解した。

「や……っ……そ、そんなの知りたくな……っ……ぁんっ……！」

蓮さんは私の指の腹を敏感な粒に宛《あて》がって動かした。

エッチな感触が指先に伝わってくるのと同時に、甘い刺激が身体中に広がる。

手を操られているとはいえ、これじゃまるで私が、オ、オナ……

「美乃里ちゃん、こうしてるとオナニーしてるみたいだね。最高にエロい」

「そっ……そういうこと、言わないでくださいっ……！　もう……蓮さんが、させて……っ……ン……るんじゃないですかっ！　やっ……んんっ……ダ、ダメっ……もっ……動かさないで……イ、イッちゃ……」

これ以上動かされたら、自分の手でイッてしまう。そんなことになれば、本当にオナ……ああ～……言いたくないっ！　自分でしてるみたいになっちゃう！　しかもそれを蓮さんに見られるなんて、恥ずかしすぎる。

「自分の指でイッちゃう美乃里ちゃんが見たいなー……なんて言ったら、どうする？」

「ン……い、嫌……に、決まってるじゃないですか……っ……！」

「じゃあ、俺にイカせてって、おねだりして？　そうしたら美乃里ちゃんの指じゃなくて、俺の舌でイカせてあげる」

蓮さんは私の手を操りながら舌なめずりして、意地悪な顔で私を見下ろす。

「……っ……や……そ、そんな、恥ずかしいこと……言えな……っ……んっ……やっ……う、動かしちゃ……ダ、メ……っ……ぁんっ！　や……ダ、ダメぇ……っ」

「美乃里ちゃんの爪が短かったら、挿入したいところだけど……ネイルアートしてるもんな。……

ああ、でも、美乃里ちゃんのツヤツヤした爪が、愛液でコーティングされてもっとキレイになってるよ。ほら、見て」

蓮さんは私の手を持ち上げ、私の目の前に持ってくる。

「あっ……」

愛液が指を包み込むようにねっとりと絡み付いていて、思わず目を背《そむ》けてしまう。

「ね？」

「もっ……蓮さん……っ！」

抗議の意味を込めて名前を呼ぶと、蓮さんはふたたび私の手を割れ目へ持って行こうとする。

これ以上弄《いじ》られたら、本当に自分の指でイッてしまう。

「や……っ……ダ、ダメっ……私のじゃなくて、蓮さんの舌がいい――……っ！」

あまりにも焦っていたせいか、結構大きな声が出てしまった。私も驚いたけど、蓮さんもそうだったらしい。切れ長の目が少し丸くなって、やがて細くなる。

「大きい声でのご指名、ありがとうございます。……なんてね」

「も……っ……蓮さんの馬鹿っ……！　あっ……！」

蓮さんは私の恥ずかしいところに顔を近付け、敏感な粒をペロリと味見するように舐《な》めると、唇に挟んでチュッと吸い上げてきた。

「あっ……あぁ――……！」

長い間焦《じ》らされていた私はあっという間に絶頂へ押し上げられ、さっきよりも大きな声を出して盛大にイッてしまった。

「ふふ、美乃里ちゃん……あっという間にイッちゃったね？」

もう、蓮さんの意地悪！　恥ずかしいことばっかり言って……！

色々抗議したい。だけど……

「美乃里ちゃん、可愛《かわい》いね。大好きだよ」

なんて言われてキスされたら、すべて吹っ飛んでしまった。

「も……ズルい……っ」

「ん？　なにがズルイの？」

「とにかくズルいですっ……もう……っ！」

蓮さんは含みのある笑みを浮かべている。

きっと私がなにに対してズルいと言ったのか、わかっているのだろう。

蓮さんはベッドサイドの引き出しを開けて、コンドームを取り出す。彼がいつの間にか置いていったものだ。彼が準備をしている隙に——

私のも見たんだから、蓮さんのだって見てやる！　恥ずかしがっちゃえ！

と思ってジッと見てみる。でも彼は、私の視線に気付いても恥ずかしそうにする素振りを見せない。むしろ私のほうが恥ずかしくなって、目を逸《そ》らしてしまう。

うう、なんか悔しい……！

「準備できたよ。たくさん待たせてごめんね」

「へ？　たくさん？」

彼が準備を整えるのは、すごく早かったと思う。私が彼のにコンドームを付けたら、きっともっと時間がかかるはずだ。

「うん、だって美乃里ちゃん、『まだかなー』『遅いなー早く挿《い》れて欲しいなー』って顔して、俺のをジッと見てたから」

「なっ……」

そういう意味に取られてたなんて――！

「ち、違いますっ！　私、そういう意味で見てたんじゃ……あっ」

蓮さんは私の足を持ち上げて大きく広げると、膣口に硬く反り立った自身を宛《あて》がう。

これから訪れるであろう快感に全身が期待しているのか、肌が粟立《あわだ》ち、お腹の奥がキュンと切なく疼《うず》いた。

「ン……ぁ……っ……」

蓮さんがググッと腰を押し付けてくると、彼の欲望で中がゆっくり広がっていく。

満たされていく感覚があまりに気持ちよくて、悲しくないのに涙がほろほろこぼれる。

「鏡があったら、入れるところも見えたのにね？」

「……っ……やぁ……そんなの、見たくな……ぃ、です……っ」

「俺のを咥《くわ》えこんで目いっぱい広がってる美乃里ちゃんのここ、最高にエッチだよ。俺の家に大きい鏡があるから、今度来たときにそれの前でしよっか？」

「も……っ……蓮さ……っ……ン……のヘンタイッ！　ふぁ……っ⁉」

一気に最奥まで入れられ、あまりの刺激に言葉を奪われた。

どうしてだろう。いつもより蓮さんを強く感じる——

「久しぶりにするからかな？　いつも以上に美乃里ちゃんの中、狭く感じるよ……」

「れ、蓮さん……のが、おっきくなったんじゃ……なくて？」

「まさか。……いつも以上に興奮してるのは確かだけど、さすがに大きさまでは変わらないんじゃないかな？　……ああ、でも、硬さはどう？」

それを確かめるように、蓮さんはグッグッと私の弱い場所に欲望を押し付けてくる。

「ひぁっ……⁉　あっ……ぁんっ……！　や……そ、そこ……っ……んんっ……」

ついさっきイッたばかりなのに、またイキそうになってしまう。

いつもより硬いかなんてわからない。

ただ蓮さんを感じて、とにかく気持ちよくて、どうにかなりそうで——

「そっか、わかんないか」

蓮さんは楽しそうに笑うと、欲望を馴染《なじ》ませるように、奥まで入れたまま左右に腰を動かす。

「ぁ……んっ……は……ぅ……っ……」

彼のモノにみっちりと塞《ふさ》がれた膣道が、欲望に引っ張られてわずかに広がる。その感触がよくて堪《たま》らない。

「やっぱり美乃里ちゃんの中、狭くなってるよ。俺の形にピッタリ合うように、またいっぱいしないと……だね？」

蓮さんは私の膝をしっかりと押さえて固定し、激しく腰を遣い始めた。

「んっ……ぁっ……あんっ……！　あっ……！　あっ……や……っ……は、激し……っ……ン……っ……あっ……あぁんっ！」

蓮さんの膨《ふく》らんだ欲望が最奥にゴツンとぶつかるたびに、瞼《まぶた》の裏に快感の火花が散って、喘《あえ》ぎ声が押し出される。

辛く感じるほどの激しい刺激を受け、声がちっとも抑えられない。

でも、痛いとか、そういうのじゃなくて、よすぎておかしくなりそうで辛い。

「ぁんっ……あっ……ふぁんっ……あんっ……んんっ……んっ……んんっ……！」

いつもは「あと何回抱いてもらえるかな」っていう気持ちがあった。考えないようにしようと思うほどに強く意識してしまって、身体は満たされても心のどこかにポッカリと穴が空いているみたいだった。

でも、今は違う――

蓮さんも私を好きでいてくれた。

ずっと、ずっと、私のことを想っていてくれた。それを知ったら、身体だけじゃなくて心も満たされて、どうしようもなく気持ちよくて、幸せで……こんなにも強い快感を――こんなにも強い幸福感を――どうしていいかわからない。

「……っ……や、ば……気持ち……い……っ……美乃里ちゃん……いつもより、感じてくれてる？

中、さっきからギュッギュッて……俺のこと、締め付けてるよ……」

蓮さんは緩急《かんきゅう》を付けながら、抽挿《ちゅうそう》を繰り返す。

気持ちよさそうな彼の声が、堪《たま》らなく愛しい。

「れ……さ……っ……蓮……さ……わ、私……」

「うん、なぁに？」

甘やかすような声が、堪《たま》らなく愛しい。

どうしよう、私……前以上に、蓮さんが好き……

「好き……蓮……さん、好き……す、き……なの……」

不思議……言葉に出すと、もっと気持ちが強くなるみたい。

「……っ……」

蓮さんは目を細めると、抽挿《ちゅうそう》をさらに激しくする。

「あっ……!? や……っ……んんっ……は、激し……っ……れ……んさんっ……激しすぎて……お、おかしくなっちゃ……っ……あぁんっ……！」

あまりの刺激に、蓮さんの背中に回した手に力が入ってしまう。

ジェルネイルで固めて、ファイルで先を滑《なめ》らかに削っているから肌を傷付けることはなかったけれど、そうでなければ絶対に引《ひ》っ掻《か》き傷を作っていたに違いない。

「美乃里ちゃんが可愛《かわい》いこと言うから、歯止めが利《き》かないんだよ……っ……責任取って、俺のこと……受け止めて……」

ありえないとわかっていても、コンドームが破れてしまうのではと心配するほどの激しいピストンを受け、私は背中を弓のようにしならせた。

「――……っ……あ、あぁ……っ！」

稲妻が脳天に落ちて、感電したんじゃないかと思うぐらいの激しい絶頂だった。

ほぼ同時に蓮さんも切なげな声を小さく漏《も》らし、激しく息を乱してコンドーム越しに私の中へ精を放ったようだ。

「好きだよ。美乃里ちゃん……あー……やべ、最高の気分……」

蓮さんはそのままギュウッと苦しいぐらいの力で私を抱きしめる。そして、必死に呼吸を整えようとする私の唇を深く奪った。

「ン……ぅ……っ……んんっ……はぁ……んんっ……」

苦しい。酸欠になっちゃいそう。でも、幸せ――……

蓮さんはキスをしながら自身を引き抜くと、また新しいコンドームに手を伸ばす。

嘘！　も、もう一回⁉　あんなに激しかったのに⁉

そのことに気付いた私は驚きのあまりパチパチと瞬《まばた》きを繰り返す。

蓮さんは唇を離すと、ニヤリと口の端《はし》を吊り上げる。

「まさか、一回だけなんて言わないだろ？」

や、やっぱり、もう一回するの――……⁉

「ま、待って、少し……休憩させ……っ……ぁんっ……！」

蓮さんは私が戸惑っている間に準備を済ませ、まだ絶頂の余韻《よいん》で痺《しび》れている膣口にふたたび欲望を宛《あて》がった。

今出したばかりなんて信じられないくらいの硬さになっていて、お腹の奥がゾクゾク震える。

私はまだ知らない。

この後、たくさん置いてあったはずのコンドームをすべて使い切るまで求められることを――

エピローグ　お兄さん　トキドキ　お姉さん（？）

「美乃里さん、最近ヘアアレンジに凝《こ》ってますよね。すっごく可愛《かわい》いーっ！　自分でやってるんですか？」

「え？　あ、いや、これはー……」

いつものようにサロンでお客様に施術《せじゅつ》していたときのこと。

「あ、もしかして今の美乃里さんの彼氏って、美容師っ!?」

お客様にほぼ言い当てられ、照れくさくて頬が熱くなる。

友達の意見を参考にして、必死で恋愛相談に乗っていた私に、まさか彼氏ができるなんて！　いまだに現実感がない。

毎日フワフワと宙《ちゅう》に浮いているような感じがして、蓮さんのことを思い出すとにやけてしまいそうになる。

「えーっと……そんな感じです」

「ええーっ！　いいな～っ！　それにメイクも変えました？」

「あ、はい」

「やっぱり！　キレイになったもん」

さすがプロのヘアメイク……！

蓮さんと両想いになってからというもの、どちらかの家に泊まることが多くなっていて、ほとんど同棲《どうせい》しているような状態だ。

朝、私の出勤時間のほうが早いときは、彼がヘアメイクをしてくれる。もう一か月ほどプロのヘアメイクをしてもらってから出勤するという贅沢《ぜいたく》な日々を送っていた。

「でも、キレイになったのはヘアメイクのせいだけじゃないですよね」

「え？」

「なんかキラキラしてるっていうか、内面から出てるオーラとか、表情が全然違うっていうか……そういうのも含めて、美乃里さんが前よりもっとキレイに見えます。幸せなんだな～っていうのがすごくわかりますよ」

友達に新しい彼氏ができたとき、そういうふうに見えることがあったけれど、そんな感じなのかな？

お客様をお見送りした後、テーブルを片付けていると電話が鳴った。

次のお客様からだった。急用が入ってしまったために、今日の予約はキャンセルしたいとのことだ。

――急に予定が空いてしまった。

「なにをしようかな……」

やらなければいけないことは、いくらでもある。

ふと目に入ったのは、朝コンビニで買った今日発売のファッション雑誌だ。ネイル特集が組んであったので買ってみた。

そろそろ新しいネイルデザインを考えたいし、今の時間に読んでおこうかな……

コーヒーを淹《い》れて椅子《いす》に座り、パラリと開いた。すると、風間くんのインタビュー記事が視界に飛び込んできてドキッとする。

風間くん、大丈夫かな……

ふとした瞬間や、テレビや雑誌で見るたびに罪悪感で胸が痛い。

誰もが想う人と両想いになるなんて有り得ないとわかっている。でも、割り込んで告白してしまったことが、今でも申し訳なくて……

風間くんは好きな人に振られた直後、その相手が別の女と両想いになった瞬間を目撃したのだ。

もし自分が風間くんの立場だったら、立ち直れない。

思わず頭を抱えていると、ドアの開く音が聞こえた。

あれ？　予約はキャンセルだったはずなのに……

「いらっしゃいませ……えっ！」

そこに現れたのは、帽子を目深《まぶか》に被《かぶ》った上に、サングラスとマスクをした細身の男性だった。

一瞬身構えそうになるけれど、この格好には見覚えがある。

「い、井上……様？」

「うん、久しぶり～」

もしや、告白を邪魔《じゃま》した文句を言いに……!?

心臓がバクバク嫌な音を立てる。

そうだよね。文句を言われて当然どころか、一発くらい引っ叩《ぱた》かれて当たり前だ。そんな覚悟を決めていたのに、サングラスとマスクを外した風間くんはニコニコ笑っている。

え、なんで笑顔!?

睨《にら》まれてもおかしくないのに、どうして……？

「予約してないんだけど、いい？　ちょうど時間が空いたから、ハンドケアして欲しいんだけど」

「あっ……は、はい、大丈夫です」

「ホント？　やったっ！」

風間くんはすぐに席へ座り、鼻歌を歌いながら両手を出した。

よりによってどうして私に、ハンドマッサージを頼むの!?　普通は嫌なんじゃ……

よくわからないけれど、彼にはずっと謝罪したいと思っていた。

「井上様、この前はすみませんでした……！」

風間くんの前に立って、深々と頭を下げた。

「え、この前？」

頭を下げたときに、自然と目を瞑《つむ》っていたらしい。彼のポカンとした声に驚いて目を開けると、自分の足先が視界に映る。

「はい、この前、井上様が告白していたときに、私、割り込んで蓮さんに告白を……」

「ああ、それねー」

予想外の……いや、予想外すぎる軽い口調だった。頭を下げてないで早く施術《せじゅつ》して欲しい、と言われて席に着く。

その通りにしながら本当にすみませんでした、ともう一度謝る。でも風間くんは「あーうんうん、もうそんなのいいから」とどうでもよさそうだ。

自暴自棄《じぼうじき》になっているのかと思いきや、彼は幸せそうに口元を綻《ほころ》ばせていた。

「あのね、むしろ感謝したいぐらいだったりして……」

「え？」

か、感謝!?　どうして？

思わず施術《せじゅつ》する手を止めて、風間くんの顔をジッと見てしまう。

「ふふ、実はさー……あのとき僕、ロケバスに入ったじゃん？　悔しくて、悲しくて、辛くて仕方がなくて、思わず泣いちゃったんだけど、竹《たけ》ちゃん……あ、ＡＤなんだけどね。すごく気が利《き》くし、出身地が一緒だから割と親しくしてる子なんだけど、あ、ちなみに三歳年上ね。その竹ちゃんが偶然入ってきてさー……」

風間くんの頬が、ほんのり赤くなる。

「辛いことがあるなら、俺の胸で泣いてくださいって抱きしめてくれて……」

「ええっ!?」

「いつも優しいんだけど、草食系な印象なんだよね。危険がないっていうか、フワフワしてるっていうかぁー……でもあのときの竹ちゃんはすごく肉食系で……ギャップにやられちゃった」

まさか、あの後に新たな恋が生まれていたなんて思ってもみなかった。

「キュンとして身をまかせて泣いてたら、告白されちゃって……」

「告白！　ということは、その方もゲイだったんですか？」

「ううん、ゲイじゃないって。今まで好きになったのも、付き合ったのも女の子なんだって。でも、僕が好きなんだって。僕が男でも女でも好きになったって言われて……」

「なんですかそれっ！　すっごくロマンチックじゃないですか！」

「でしょでしょ!?　失恋したおかげで、真実の愛を見つけたって感じ！　てか、さっきすごく青ざめてたからどうしたのかと心配したけど、僕が文句を言いに来たと思ってたわけか」

図星だったので言葉を詰まらせると、彼はケラケラ笑う。

「まあ、竹ちゃんに出会わなかったら言ってたかもだけどね」

で、ですよねー……

「今日は純粋にハンドケアしに来たんだよ。竹ちゃんが、僕の手とか爪がすごくキレイだって褒《ほ》めてくれて、嬉しかったからさぁ」

「でも、ハンドケアをしているサロンはたくさんあるのに……うちへ来てくれて嬉しいです。ありがとうございます」

「うん。村瀬さんにはゲイだって知られてるし、気が楽なんだよね。それに村瀬さん、あんまりゲイに抵抗ないみたいだから、竹ちゃんとの惚気話《のろけばなし》もできるし？」

なるほど、そういう理由だったんだ。

風間くんが幸せそうでよかった。

悪いことをしたのに変わりはないけれど、胸につかえていた罪悪感が少しだけ軽くなった気がした。

◆◇◆

今日はちょうど蓮さんと仕事の終わる時間が一緒だったので、外でご飯を食べてから彼の家へ行くことになっている。明日はお互い休みだから、ゆっくりできる貴重な日だ。

仕事が終わった私は、約束より少し早く待ち合わせ場所の駅へ着いた。

もしかしたら、もう来てるかな？

蓮さんに連絡をする前に彼を探すけど、まだその姿は見えない。私のほうが早かったみたいだ。

邪魔《じゃま》にならないよう端《はし》に寄って、蓮さんにメッセージを送ろうとしたら、誰かが私の前に立った。

「美乃里ちゃん、お疲れっ！」

「あっ……」

目の前にやって来たのは、蓮さんだった。ウィッグも被《かぶ》っていないし、メイクもしていない。カットソーにジーンズといった格好で、当然ながら女性らしさはまったくない。ついこの間まで女装していた名残なんて少しもなかった。

「そっか、蓮さん、もう女装してないんだった」

「あはは、まだ慣れない？」

「女装した蓮さんと待ち合わせるのがデフォルトだったたから、自然と女バージョンの蓮さんを探しちゃうんですよねー……」

「しかも、また敬語に戻ってるよ」

「あ、そうでし……そうだった！」

付き合ってるんだから、敬語はやめようということになったのだけど、まだ慣れない。

「じゃあ、行こうか」

「は……うん」

蓮さんは「また敬語になりかけてるよ」と笑いながら私の手を握り、お店へ向かって歩き出す。

こうして手を繋いで歩くのは、蓮さんが女装をやめてからのことだ。だからまだ慣れなくて、照れてしまう。

……今まで彼氏ができたこともなかったし、彼氏と手を繋いで歩くという発想すらなかったのだけど、蓮さんは『実はずっと繋ぎたかったんだよね』と、両想いになって初めてのデートのときに告白してくれた。

「あっ」

閉店したデパートのショーウィンドウに、細身のパンツが展示されている。

それが視界に入ると、女装した蓮さんに似合いそうだと反射的に思う。

「ん、なに？　あ、キレイな形のパンツだね。美乃里ちゃんに似合いそう。今日はもう閉店してるから明日来て、試着してみる？」

「あ、ううん、私はこんな細いの無理……っ！　でも、女装バージョンの蓮さんには似合いそうだなぁって思って」

もう、蓮さんは女装する必要がない。

でも、なんだかポッカリ胸の中に穴が空いてしまった感じがするというか……大切な人が遠くに行っちゃって、もう会えないみたいな……そんな気分だ。

「あはは、本当？　でも、美乃里ちゃんにも似合うと思うよ。俺、見てみたいなー」

「無理、無理、無理！　パンツスタイルってだけでもハードルが高いのに、あれは絶対に無理！」

「そんなことないよ。前に着て見せてくれたパンツも結構細身のヤツだったよね？　スッゲー可愛《かわい》かった」

「あのときは特別頑張って背伸びしたの！　男性を目指してたっていうか……男っぽくなれば、蓮さんが好きになってくれるかもしれない！　って必死だったから……」

彼は口元を綻《ほころ》ばせて、繋いでいる手にギュッギュッと力を入れたり、緩めたりして嬉しさを表現してくる。

「そんな可愛《かわい》いこと言われると、今すぐキスしたくなってきちゃうんだけど……」

「こ、こんな所でっ⁉　人、いっぱいですよ⁉　……じゃなくて、だよ？」

蓮さんはニヤリと笑ったまま答えない。ところがお店へ続くエレベーターの中に入った途端、人がいないのをいいことにチュッと唇を重ねてきた。

「ここまで我慢したよ。偉い？」

「防犯カメラ、付いてるんじゃ……」

「ずっとは監視してないから大丈夫だよ。してても関係ないけどね。まあ、さすがにここでセックスするっていうのは抵抗があるけどさ。美乃里ちゃんの身体、他のヤツに見られたくないし」

「ちょっ……当たり前じゃないですかっ！　もう……っ！」

「敬語に戻ってる、戻ってる」

蓮さんが変なことを言うせいだと怒ったら、彼はイタズラっ子みたいにヘヘッと笑う。

全然、反省してないんだから……っ！

「そういえば今日、風間くんがハンドケアをしに来てくれたよ」

「え、翔太が？」

風間くんに恋人ができた……ということはもちろん伏せて、この前のことについて文句を言いに来たのではないこと、純粋にハンドケアをしに来たということ、直接謝れて嬉しかったこと、そして傷付いて辛い日々を送っているのかと思いきや、幸せそうだったということを伝えた。

「確かに最近妙に機嫌いいんだよな。振った側なのにプライベートのことを深く聞くのはアレかなって思ったし、空元気《からげんき》だったら二重に傷付けることになると思って、なにも聞かずにいたんだ。そっか、幸せなんだ。それならよかったよ。教えてくれてありがとう」

蓮さんもやっぱり気になっていたらしい。

私が気にしていたこともお見通しだろうから、私の前では口にしないようにしていたのかもしれない。

「あ、そうだ。美乃里ちゃん、もし趣味に合うものがあれば、服いらない？」

「服？」

「うん、ほら、女装やめたからさ。服がクローゼットを圧迫してるし、処分しようと思ってるんだ。まだ袖《そで》を通してないものもあるからもったいないと思うんだけど……あ、もちろん強制してるわけじゃないよ？　ただ趣味が合うものがあるならどうかなーって」

「処分……」

そっか、もう女装しないんだもんね……

「美乃里ちゃん？」

「あ、ううん、なんでもない。じゃあ、遠慮せずにもらいたいな」

「うん。彼女に自分の服を着てもらえるのって、なんか嬉しいなー……まあ、それがレディースっていうのは微妙なところだけど」

「ふふ、確かに」

服を処分したら、もう女装の蓮さんは見られない。本当に見られないんだ。

蓮さんには言えないけど、やっぱり寂しいな……

◆◇◆

ご飯を食べた後、私は予定通り蓮さんの家へ来ていた。

『いい香りのバスオイルを入れておいたから、ゆっくり入ってきて』

蓮さんはニッコリ笑って、私をバスルームへ見送ってくれた。

珍しい。いつもなら一緒に入ろうって誘ってくれるのに、一人で入ることを勧めるなんて……！

恥ずかしいと断ってもなんだかんだで理由を付けて入ってこようとするし、一人で入っていても途中で乱入してくるのに。

もしや今日も途中で入ってくるのだろうか……と思いきや、いつまで経ってもその様子はない。

本当にどうしたんだろう。

髪を乾かしてからバスルームを出て、リビングの扉を開ける。

「蓮さん、お風呂から上がったよー」

……あれ？

声をかけたものの、蓮さんの姿がない。

寝室にいるのかな？　と踵《きびす》を返そうとしたら、うしろから手が伸びてきて目隠しされた。

「わっ！　ビックリした。ふふ、なんで目隠し？　……へ？」

手をふりほどいて振り向くと、もちろん蓮さんが立っていた。

でも、さっきとは装《よそお》いが違う。フルメイクで緩やかな巻髪のウィッグを被《かぶ》り、爽《さわ》やかな色のスカーフで喉仏《のどぼとけ》を隠している。服は、白のオーガニックコットンのカットソーにダークグレーのジーンズを穿《は》いていた。

「美乃里ちゃん、久しぶりね。元気にしてた？　なーんてねっ！」

「えっ⁉　な、なんで女装？」

またこの姿を見ることができるなんて……！

「さっきもう女装しないから服を処分するって言ったとき、美乃里ちゃんが寂しそうな顔をしたような気がしてね。もしかしたら女装した姿が見られなくなるのが寂しいのかな？　って思ったのよ。どう？　合ってた？」

大当たりだ。私ってそんなに顔に出やすいのかな？　それとも蓮さんが鋭《するど》いから？

頷《うなず》くと、蓮さんがキレイな顔でニッコリ笑う。

「美乃里ちゃんがそう言うなら、たまにはこうして美乃里ちゃんの前でだけ女装しちゃおうかな？」

「えっ！　いいの？　でも、面倒なんじゃ……」

女装をやめてからというもの、蓮さんは『自分の見た目にかけてた時間が別のことに使えて嬉しい』としみじみ呟《つぶや》いていた。

「好きな子が喜んでくれるなら、どんなことだって面倒じゃないよ。一晩中じっくりコトコト煮込んだカレーが食べたい！　って言われたって、喜んで頑張っちゃうよ？　あ、カレーの話したら、カレーが食べたくなってきた。明日の夕飯はカレーにしない？」

思わず噴き出してしまうと、蓮さんが口元を綻《ほころ》ばせて私を抱き寄せた。

「もしかして珍しくお風呂は別々に入ろうって言ったのって……」

「うん、サプライズで女装したかったからだよ。本当は一緒に入りたかったんだけど、ビックリする美乃里ちゃんも見たかったしね。んー……美乃里ちゃん、いい匂い」

蓮さんは私の首元に顔を埋めて、深呼吸する。

「口紅付いちゃうけど、キスしていい？」

蓮さんは腰をかがめると、頷《うなず》いた私の唇を奪い始めた。

エレベーターの中でしたのよりうんと濃厚で、トロトロに蕩《とろ》かされた舌をチュッと吸われると、膝から崩れ落ちそうになる。

「スッピンに口紅っていうのもそそられるね」

蓮さんはクスッと笑って私の唇に付いた口紅をペロリと舐《な》めると、ルームウェアの上から私の胸を揉《も》み始め、お尻にも手を伸ばしてくる。

「あっ……ま、待って、女装のまま、するの……？」

「嫌？　でも、もうこんなになってるけど」

尖《とが》り始めた胸の先端をルームウェアの上からカリカリと爪で擦《こす》られ、私はため息混じりの甘い声を漏《も》らしてしまう。

「も……っ……蓮さん……っ」

「ね、美乃里ちゃん……わたし、女の子のことよりも、美乃里ちゃんのことにすごーく興味あるの。わたし、こう見えて完璧主義でしょ？　だから、完璧な美乃里ちゃんの彼氏になりたいの。協力してくれる？」

前にどこかで聞いたことがある台詞《せりふ》だ。

思わず笑ってしまうと、蓮さんもクスッと笑う。

「……なーんてな。ね、返事、聞かせてよ」

もちろん答えは、一つしかない。

「よろしくお願いします」

少し照れながらも笑顔でそう答えると、蓮さんはとびきり甘くて激しい夜をプレゼントしてくれたのだった。

夏奈《かな》は恋愛を信じられない、アンチ恋愛主義者。ところが父親から、会社を立て直すためにある御曹司と結婚して欲しいと懇願される。完全別居の、形だけの契約結婚という条件に渋々承諾したものの……顔合わせの際に相手に気に入られてしまい、彼と同居する羽目に!?

B6判　定価：640円+税　ISBN 978-4-434-21417-2

会社では、バリバリのキャリアウーマンを演じている愛果《あいか》。だけど会社を一歩出れば、ビン底眼鏡を装着し、アニメや乙女ゲーに興じる完全なオタク。そんな姿が天敵である会社の同僚にバレてしまった！ 彼はバラされたくないなら、俺と付き合え、と言ってきて…!? オタクな彼女の恋愛経験値ゼロから始まるラブストーリー！

B6判　定価：640円+税　ISBN 978-4-434-20071-7

七福さゆり（しちふく さゆり）
北海道在住のフリーライター。二匹の愛犬と過ごす時間と味噌ラーメンを食べている時間が至福のひととき。

「妄想貴族」
http://ameblo.jp/mani888mani/

イラスト：北沢きょう

真《ま》夜《よ》中《なか》の恋愛《れんあい》レッスン

七福さゆり（しちふく さゆり）

2016年11月30日初版発行

編集－河原風花・斉藤麻貴・宮田可南子
編集長－塙綾子
発行者－梶本雄介
発行所－株式会社アルファポリス
〒150-6005 東京都渋谷区恵比寿4-20-3 恵比寿ｶﾞｰﾃﾞﾝﾌﾟﾚｲｽﾀﾜｰ5F
TEL 03-6277-1601（営業） 03-6277-1602（編集）
URL http://www.alphapolis.co.jp/
発売元－株式会社星雲社
〒112-0005東京都文京区水道1-3-30
TEL 03-3868-3275
装丁イラスト－北沢きょう
装丁デザイン－ansyyqdesign
印刷－図書印刷株式会社

価格はカバーに表示されてあります。
落丁乱丁の場合はアルファポリスまでご連絡ください。
送料は小社負担でお取り替えします。

ISBN978-4-434-22694-6 C0093